あやかし狐の京都裏町案内人

狭間夕 Yu Hazama

アルファポリス文庫

https://www.alphapolis.co.jp/

プロローグ

私、人間をやめました。

だって、もう疲れたんです。

人間社会に憧れて、「ケーキ屋さんになる！」なんて無知蒙昧《むちもうまい》に豪語《ごうご》していた幼少期が、今となっては懐かしい。無垢な瞳で見上げた大人世界は、あんなにも夢と希望で満ち溢れていたのに。

結局、少女が選んだ夢の先は『企業戦士ブラック・ウーマン』。

満員電車での、おしくらまんじゅう大会から始まって。

勝者のいない押し合いへし合いに神経とお尻を擦り減らし、降車した頃には既にヘトヘト。「定期券を落としましたよ」なんて、せめて素敵なイケメン王子様が声を掛けてくれれば気力も回復するのに。

実際に私を待ち受けているのは白馬に乗った王子様、ではなくて、おどろおどろしい

BGMと共に出没するセクハラ上司。

痴漢《ちかん》には容赦なく股間蹴りとビンタをお見舞いする勝気な私。とはいえ、さすがに上司の顎を右ストレートで打ち抜くわけにはいかず、不承不承《ふしょうぶしょう》に脳内パンチだけに留めておくと、代わって私のフラストレーションが蓄積の一途を辿るのです。そのせいか、昨今は怒りのボルテージがキャパオーバーで、もはや噴火寸前に。

挙句の果ては、仕事終わりに私を癒してくれるはずの彼氏が――

なんと、浮気をしていました。

怒りとショックと傷心とで、我を忘れて彼氏宅から逃亡。がむしゃらに走って走って辿り着いたのが、夜の京都の三条大橋《さんじょうおおはし》の直ぐ近く。

鴨川《かもがわ》沿いの河川敷に独り寂しく座り、思考の霧に包まれながらボ～っと川の流れを眺めていると、ポツポツと蛍のような光が浮かび上がりました。きっと風光明媚《ふうこうめいび》な京都界隈の夜景が、浮気彼氏に代わって私の心を癒してくれるに違いありません。

……なんて思いきや、蛍の正体は各人のスマホの照明。河川敷にはサクランボのようにくっ付いたカップルの背中、背中、背中ばかり。春先ならまだしも、晩秋の寒い河川敷なんて閑散としているはず。それが今日に限っては等間隔に敷かれた個々の熱愛が、独り者を寄せ付けないアウェーな空間を形成していました。

こんなのもう、やってらんない！

ベージュのショルダーバッグをゴミ箱へ投げ捨てました。元彼からの貰い物だし、こんな物を持っていても不愉快になるだけだし、それとも、捨てずに質屋に入れておけば良かった？

い〜え、どうせ二束三文、大した値打ちなんてあるわけない、愛を逸失《いっしつ》したプレゼントのバッグなんて、もはやただの皮袋。

――僕はね、本当は気品があって慎ましやかな女性が好みなんだ。君はそういうタイプじゃないからさ。理想の女性はいないかな、なんて思っていたら偶然出会ってしまってね。だから、僕は、悪くない。

はあ？　不埒《ふらち》にも盛大に浮気をかましておいて、何たる言い草！

おっしゃる通りに私は可憐《かれん》な女性じゃあございませんのよ、ええ、違いますとも。それでどうして私と付き合った？

こんなストレスばかりが繰り返されて、四方八方、敵だらけなのがＯＬ的日常生活。それでも淑女たる我慢、忍耐、冷静さを常に強要され、ひとたび怒りを露わにしようものなら、世の紳士達は真珠のような白い眼を向けて、引き潮のように去っていく。

この先もずっとそれが続くのなら。

自分の感情を押し殺して耐えねばならないのなら。

「人間なんかやっていたって、ちっとも楽しいことないじゃない。もうやめてやるわ、馬鹿みたい！」

これが今宵、辿り着いた境地であり、結論。

全てに嫌気が差した私は鴨川に背を向けると、久しく帰っていない実家に帰ろうと決心したのです。一人暮らしをしている部屋は近くにあるけれど、とにかく今は独りになりたくない。

傷心乙女は、タクシーも拾わずに月夜の街を歩き続けて。

道中で不運にもヒールの踵がポッキリと折れ、ヒステリックに投げ飛ばし、知り合いの老舗《しにせ》料亭《りょうてい》から草履《ぞうり》とお酒を拝借して、兎にも角にも歩きました。

三条から南の四条《しじょう》。

木屋町通《きやまちどおり》を高瀬川《たかせがわ》沿いに五条《ごじょう》まで下り、河原町通《かわらまちどおり》を経由して十条通《じゅうじょうどおり》、そこから鴨川を東へと渡る。

師団街道《しだんかいどう》を伏見稲荷《ふしみいなり》駅方面へ進むと、商店街があります。昼間は食べ歩きを楽しむ人々で盛況していますが、今は深夜なので誰もいません。石畳を踏みながら深紅の鳥居をひっそりと抜けて、裏手から神社の境内《けいだい》へ入りました。

この神社は平時でも二十四時間参拝可能なため、境内《けいだい》にはまだ人がいて、大きなカメラを首から下げた女性が楼門《ろうもん》前で写真を撮っています。点在する朱塗りの灯篭が暗闇に薄明かりを添え、両脇に祭られている狐の像が、とても懐かしく思えました。

私の実家は、ここから少し離れた場所にあります。

神社から外へ出て、細い路地を通り過ぎ、朱色の瓦屋根の家の前で足を止めました。黄土色の壁に、煤けた茶色の門。庭に入って、もう夜中だというのに無遠慮に玄関をドンドンと叩きました。

「たのも～！　夜分遅くに失礼しま～す！」

歩きながらヤケ酒をしていたから、すっかり酔っ払っていました。物騒な呼びかけに応えるように家の明かりが点いて、玄関戸が横に滑ると、赤い割烹着《かっぽうぎ》を身に着けた年配の女性がそこに。

私の母です。

夜更けの唐突な来訪にも関わらず、母は平然と澄ました態度で接してくれました。

「あら、薫《かおる》、久しぶりじゃない。どうしたの、こんな夜遅くに？」

私は、すうっと、大きく息を吸い込みました。

「お母さん！　今日からわたくし玉藻《たまもの》薫《かおる》は、人間をやめて、キツネに戻らせていただくことになりました！」

第一章　京都裏町の案内人

私はキツネです、人間ではありません。

俗に言う妖怪だの、アヤカシだのと呼ばれている類《たぐい》、なのですが、現代のアヤカシは見た目も中身もほとんど人間と一緒。古典や、おとぎ話のように人に畏怖される威厳を持ち得たのは、もう随分と昔の話。

かくいう私も見た目は人間そのもので、キツネであるとバレたことはありません。稀に油断していると耳と尻尾がひょっこり飛び出ますが、コスプレなんです、と誤魔化しています。

ただ、地毛が金髪なので、ハーフなの？　と聞かれることはありますが。

人が増えるにつれて、アヤカシも人間社会に溶け込むようになったと聞きます。

当初は不本意ながらも世の流れに従ったアヤカシ達。

それがいざ人間と暮らしてみると満更でもなかったみたいで、人間社会も悪くはないと悦に入って長らく共存しているうちに――

大半のアヤカシは、化ける以外の術を忘れてしまったのですって。

なんとも情けないご先祖様達。

情けないと思うものの、かくいう私も大それた術なんて全然知らないものだから、あーだこーだとご先祖様達を責める資格はなく。

むしろ幼少期から躾《しつけ》に厳しかった両親に度々、反発しては、自由奔放な人間社会への憧ればかりを強めていました。

「アヤカシなんて古臭いのはもう嫌！　仕来《しきた》りや迷信ばかりに縛られて、ちっとも自由に活動できないし」

反骨精神を剥き出しにして人間進路を選んだのが小学校の高学年。最初は慣れない人間生活に悪戦苦闘していたけれど、中学、高校と進むにつれて、自分がアヤカシであることなんてすっかり忘れて、ついには人間の男性とデートに興じて。

このまま無難に結婚をして、子供を産んで、私の子供もまた、人間として生きていくのだろうと思っていたのに。

それがこの結末。

人間社会は相当に碌なものではないと思い知らされたので、実家に出戻ったのです。

そんな不甲斐ない私を、母は優しく迎え入れてくれました。これこそがまさに無償の愛、家族ゆえに成せる情、身勝手な恋人のそれとは、ひと味も、ふた味も違うもの。と思っていたのも、また昔の話。

帰宅した一両日《いちりょうじつ》はあんなにも優しかったのに、日が昇っては沈んで、昇っては沈んでを繰り返すうちに、

「それで、人間をやめてこれからどうするの？　次の仕事は探さないの？　そもそも結婚はどうする気なの？　お相手はまた別の人間を探すの？　それとも、いっそのこと人間ではない相手とお見合いするの？　薫は狐なんだから、そんな狸みたいに毎日ゴロゴロ寝てばかりいないで、たまには家のことを手伝ってちょうだい」

朝から小言を畳み掛けてくるように。

人間をやめたからには、人間の設立した会社で働くこともやめたわけで、だから単純に再就職をするわけにはいかないわけで、そうは言っても、このまま家で寝てばかりいては母の言う通りにタダ飯喰らいの居候《いそうろう》に成り果ててしまいます。

是が非でも、アヤカシらしい仕事を探す必要があるのです。

「ねえ、お母さん。この家の手伝いもいいんだけどさ」

居間の神棚に向かって祈っている母。娘の将来に光明を照らしてくださいうんちゃら、

などと他力に頼っている背中に語りかけました。

「もっとアヤカシらしい仕事ってないの？」

「アヤカシらしい仕事って？」

背を向けたままの母に聞き返されます。

「ん～と、例えば……アヤカシ軍団を率いて人間と戦うとか、夜道に迷い込んだ子供を驚かすとか」

「アンタねぇ……本質を忘れてない？　アヤカシは人間の敵じゃないのよ？　神様と自然、人とアヤカシ。生きとし生けるものの共存が理念であって、お母さん達にみたいに人々を厄災から守ってあげるのもアヤカシの務め。アヤカシらしさを取り戻したいのなら、神社のお手伝いをするのが一番の近道だと思うけど？」

「え～、老後はいいけどさ、もっと今の私にしかできない仕事をしたいの。眷属《けんぞく》務めも素敵だとは思うけど……お母さんの領域だし」

「いいじゃないの、キツネらしい、とても立派な仕事よ。そんな我儘ばかりを言って、他のことをしたいのなら、また人間社会に戻りなさい」

「それはもう嫌。何処かにアヤカシの仕事はないの？」

「裏京都に行けば、一風変わった仕事もあるんじゃない？」

「裏京都って？」

はて、何処かで聞いたことあるような、ないような。

「え……まさか、それすらも覚えていないの？」

母が驚いて振り向きました。お尻からは不用意にも、黄色いフサフサした狐の尻尾が出ています。

「お婆ちゃんと一緒に住んでいたじゃないの、京都裏町のお屋敷に」

あ、そうか。

コッチに馴染み過ぎて、すっかり忘れてた。

彼方に置き去りにした遠い記憶が、まるで映画のように鮮明に脳裏に映し出されました。

あれはおそらく、七五三の時。

白と赤の巫女装束に、茶色い耳と尻尾を生やした小さな女狐《めぎつね》、つまり私が、夜街を楽しそうに走っています。こんな少女が夜街を徘徊とは物騒な、と人間社会では親の教育方針を疑われますが、裏町ではこの光景こそがスタンダード、なはず。

実際に、走り回っている子供は私だけではなく。

黒い袴の狸少年、桃色のお姫様風の猫少女、鬼の子供から、表情がさっぱり分からない『のっぺらぼう』まで、皆が楽しそうに『提灯お化け』を片手に駆け回っています。

「おやおや、そんなに走っていては転びますよ」

後ろから、お婆ちゃんの優しい声。と、同時に私の体が緑色の泡に包まれてふわっと浮きました。おそらく、お婆ちゃんの妖術で、私は足をばたつかせながら、ぷくっと膨れて「もう子供じゃないもん、大丈夫だもん」なんて不満を口にしているみたい。

「そうだねぇ、薫ちゃんはもう大人だねぇ。でも、転ぶとせっかくの衣装が台無しになるから、ここからはお婆ちゃんと手を繋いで行こうね」

「うん！」

懐かしい映像はここまで。徐々にぼやけると、想い出のお婆ちゃんと私がスウッと消えていきました。

「そうか……小さい頃は、裏町にいたんだっけ」

遠い目をしながら懐かしい光景に浸り、ぼそっと呟きました。

「久しぶりにお婆ちゃんに会いたいなぁ。こっちに来てから全然会ってないし。そういえばお婆ちゃんってさ、毎年、お盆や年明けに手紙を送ってきてたよね？　今年はまだ手紙が届いていないような」

「あら、そういえば。何かあったのかしらねぇ……丁度いいじゃない、裏町に行ってお婆ちゃんの様子を見るついでにアヤカシの仕事を紹介してもらったら？　お婆ちゃんなら、きっとアヤカシ社会にツテがあるわよ」

「裏町……って、行き方なんて知らない」

母はフサフサ尻尾をだらんと垂らして両肩を落とし、大きな呆れを、はあっと吐きました。

「本当に何も覚えていないのね。人間社会に染まるのはいいけれど、アヤカシとしての誇りくらいは残しておきなさい。ほら、今はアッチの方に入口があるはずよ」

母は、窓から遠くの空を指差しました。

「祇園《ぎおん》の花見小路通《はなみこうじどおり》を右へ曲がった所。祇園町南側の裏道に、裏京都に通じる『土御門屋《つちみかどや》』があるはず。夜にしか現れないから、日が暮れたら行ってらっしゃい」

◇◇◇

裏京都——裏町はアヤカシ達の住まう、もう一つの京都です。

京都には一条から十条まで真横に伸びる主要な通りがありますが、それは裏町も同じで、裏四条や裏鴨川など、全ての名前に『裏』を冠する地名があります。構造は表の京都とそっくりなのに、風変りな文化が築かれた個性的な町との噂です。

——あっははははは。


夜の四条通を笑い声が満たしています、今日は花の金曜日。

私は四条通を南へ逸れて、祇園町南側の花見小路通に入りました。

祇園の町は、私の記憶の片隅で揺らめいている裏町に近い景観です。石畳の道がずっと長く伸びて、両脇に老舗料亭《しにせりょうてい》が並んでいます。京の飲み屋街は大抵、蜘蛛の糸のように張り巡らされた電線が空を覆っていますが、花見小路通は古風な景観を守るため、電柱があまり見当たりません。等間隔に置かれた街灯や軒燈が、ポッ、ポッ、と橙色に光って、まるで永遠に続くかのように浮世の果てまで私を導いてくれるのです。

平日は物静かなこの通り。今日は若い男女や、酔って愉快に舞っているサラリーマンが所々に散らばっていました。

それでもこの道は広いのだから、新たな門出を前に高揚している私は、道の真ん中を遠慮なく、堂々と闊歩《かっぽ》します。

月夜に舞う祇園の妖艶《ようえん》、辺り一面、宵の町！

通りを歩く私はキツネ、人生の夜明けを求め、未知なる世界へと新たな一歩を踏み出す乙女な～り！

「おっと！」

同じように道の真ん中を闊歩《かっぽ》している殿方に肩をぶつけられそうになりました。相手は酔っぱらっているようだから仕方ありませんが、「お嬢ちゃん、これから一緒に飲みに行こうよ～」などと馴れ馴れしく肩に手を回してきたので、そんな無礼な輩《やから》は、キッと睨みつけて悪霊退散させてやりました。

さて、しばし賑やかな街並みを楽しんでいたのですが。

肝心の『土御門屋』とやらは見つからず。

唯一の手掛かりは、母の「花見小路通を右へ曲がった所」という言葉のみ。

でも、通りを右へ曲がれって、

「どっち向きに歩いた場合の、どの道を右なのよ！」

思わず大声を出してしまいました。

一瞬、周りを歩く人々の足がぴたっと止まり、ざわざわと声がして、私は恥ずかしくなって俯き……そうして何事もなかったかのように、また時間が動き出します。

穴があったら入りたい。ここは石畳なので穴はありませんけど。

それからしばらく路地裏を行ったり来たり、まるで不審者が迷い子を探すかのようにブラブラと一帯を散策しましたが――

時間と共に往来の人は徐々に減り、私の気力は萎え、今日はもう帰ろうかしらと諦めかけた、まさにその時でした。

ササッと、猫が横切ったのです。

別に珍しくもないこと、猫なんて日本中の何処にでもいます。

けれど、その猫は妙に私の気を引きました。キラキラと光る鱗粉《りんぷん》を纏《まと》って、こんな暗闇なのにハッキリと姿形を捉えることができたからです。

私の同族センサーが、ピンと、反応します。

間違いありません、あの猫、アヤカシです。

アヤカシだからといって私と目的が合致しているわけではありませんが、如何せん途方に暮れていたのも事実。藁にも縋る思いで、素早い猫の走りに息も絶え絶えになりながら追い掛けて、路地裏のさらに裏へ裏へと。

メイン通りから大きく逸れて、雑居ビルに挟まれた怪しい細道を抜けた角の、看板も何も見当たらない殺風景な建物。三階の突き当りの部屋の前で猫さんが、ちょこんと座っていました。

どう見てもマンションの個人宅にしか見えない、この建物。

猫さんは、廊下の奥から私の方をチラッと見て、にゃあ、と一声、鳴いています。

すると鳴き声に反応したのか、少しだけドアが開かれて、猫さんはスッと消えるように入っていきました。

誰かの家猫？　これは見当違い？

一抹の不安を抱きながらも忍び足で近付いてドアの前に立ってみると、なんとまあ、これまたビックリ。表札には薄汚れてギリギリ読める程度に『つちみかどや』と平仮名で書かれているではありませんか。

……嘘でしょ？

こんな辺鄙《へんぴ》で怪しい場所に？

隠れ家にも程がある、初見だと探すのは不可能だし、ひょっとすると、これは敵の罠かもしれない。

と、ありもしない仮想敵を勝手に作り上げて警戒心を強めていた私でしたが、おそらくここが目的地に間違いありませんので、もはや入る以外の選択肢はなく。

恐る恐る、ドアノブに手を掛けて扉を開きました。

「ようこそ御免くださいまし～」

緊張のあまり、私の口からよく分からない言葉が飛び出ます。

「おや、ご新規さんですか。これは珍しいですね、ようこそいらっしゃいました」

予想外に、紳士でいて暖かい声が私を迎え入れてくれました。

お洒落な隠れ家のバーのような内観。

カウンターには丸い椅子が七つか八つ程並び、四人くらいが腰掛けられるソファ席が三つ。テーブルも、椅子も、ソファも、壁紙も、全てが黒と茶色のシックな色で統一された落ち着いた店内。マスターの後ろの棚には薄暗い空間を明るく照らすかのように、色彩豊かで美味しそうなお酒の瓶が所狭しと並べられていました。

店の中まで、夜の祇園みたいに綺麗。

店内にはたったの三人しかいません。マスターと思わしき白髪の髭紳士と、ソファ席に座っている和服の男性と、カウンター席の女性。

まず、否応なしに目に付いたのがカウンター席に座る、派手な衣装の女性でした。

花魁《おいらん》風の煌びやかな打掛《うちかけ》、黒と白と赤と金色が織りなす派手な衣装を、真っ白い肩を出して遊女のように色気を漂わせながら羽織っています。漆黒の艶《つや》やかな髪には、金色の簪《かんざし》が宇宙に光る星のようにキラキラしています。

彼女は右手に持つ長いキセルから白い煙を吐き出して、目の前のウイスキーグラスの氷を左手でカラカラと回していました。

「マスターはん、ニューポットウイスキー、ありますやろか？」

コテコテの関西弁とコテコテの京都弁を足して二で割ったような、癖のある話し方。

よくよく見れば、なんとまあ私の知り合いで、蛇女の高千穂《たかちほ》でした。

「あら、薫やないの！」

あちらも私に直ぐに気付いたようで、キセルをテーブルにカタンと置くと、長い袖を振り回しながら駆け寄って来て、がばっと抱き着かれました。

「久しぶり～！　もう、ここに来るなら先に言うといてよ～」

おしろいを塗った顔を、私の顔にすりすりと擦りつけてきます。

「分かった、分かったから、ちょっと一回離れようか」

私は、ずいっと両手を前に突き出して、彼女を遠ざけました。

「なんやの、久しぶりに会《お》うたんに、随分といけずやないの」

彼女は不満を露わにしています。

私と高千穂は幼馴染《おさななじみ》です。

高千穂は京の町で噂される絶世の美女でして、有名な花魁《おいらん》、ではなくて、恰好は花魁《おいらん》ですが芸達者な芸妓《げいこ》さんをやっています。

幼馴染《おさななじみ》ですし、同じ京都に住んでいますし、それでいて互いにアヤカシですし、本来であれば月に一回くらいは会合しても良いのですが、ちょっと彼女の距離が近過ぎるというか、友人として親しくされているのか、はたまた同性なのに恋人として期待されているのか、段々と分からなくなってくるので、ついつい身の危険を感じて遠慮してしまうのでした。

「どうして土御門屋に来たん？　薫は人間社会に染まりたいって言うてたから、ここに用はないって思ってたわ。まさか、私を探して会いに来てくれたん？」

「違う」

即座に否定。

「アヤカシ・チックな仕事を探したくて」

「え、商社は？」

「辞めちゃった。向いてなかったみたい」

「せやろね」

サラッといわれます。当たっているけど、ちょっと酷い。

「とにかく裏町なら一風変わった仕事があるかもしれないかなって、それで久しぶりにお婆ちゃんに会って仕事を紹介してもらおうと。でもここの場所が分からなくてさ、偶然出会った猫ちゃんを追い掛けてたら着いたってわけ」

「ははあ、あの猫ちゃんか。晴明《せいめい》はんの子孫の飼い猫に狐が導かれるやなんて、奇妙な巡り合わせもあるもんやねぇ」

　高千穂は、ちらっと、奥のテーブルで背筋を伸ばして立っている黒猫を見ました。猫はもう、さっきまでのように光ってはいないみたい。

　猫の正面のソファには、何やら難しい顔をした男性が座っています。

　短い黒髪にスラっとした体型で、墨汁のような真っ黒な着流し。眼光は鋭く、横顔は男前。でも、優男の美男子というよりは男臭い硬派な感じ。

　彼の目線はテーブルの上に並べられた数枚の絵札の上に落ちていて、それらを投げたり、ひっくり返したりしていました。

「晴明さんの子孫？　あの妖怪退治の安倍晴明《あべのせいめい》さんのこと？」

　私が尋ねました。

「そう。せやかて妖怪退治が本業やのうて、占術や学問で問題を解決するのが生業《なりわい》やったそうよ。それに、もう今は妖怪退治なんてしてないらしいから、別にそんなに警戒することはないんよ」

　この高千穂の発言を受けてか、男性は小さな声で、

「必要だったら今でも退治するが」

　素気なく言いました。

　それから目の前の猫をジロッと見ます。

「豆大福《まめだいふく》、今晩は妙な客を連れて来たな。随分と人間臭いキツネだ」

　彼は猫に話しかけました。豆大福は名前でしょうか、にゃあ、と可愛く甘えています。

「そこの女狐《めぎつね》さん。名前は薫……だっけか。いつまでも突っ立っていないで、俺の前に座ってくれ」

　晴明さんの子孫とやらの男性は、テーブルをトントンと叩きました。

　どういうわけだか、私に用事があるらしいのですが。彼はずっと、テーブルの上の絵札を眺めたままなのです。一切、こちらに顔を向けていません。さらに初対面だというのに平気で呼び捨て。

　それでいて、私から来いと命令?

　なんなの、この人、失礼しちゃう!

「私はこの店のマスターにお話を伺いたいだけで、別に同じ客である、あなたに用はな

いんですけど」

　こう言い放ってやりました。

「アンタになくても、俺にはある」

　これが男の返し。

「ここに来たからには裏町に用があるんだろ？　裏町へ行くには案内人を通す必要がある」

　ここでやっと、彼は私の方を見ました。薄暗い店内で、彼の右目が青く光っています。

「俺が裏町の案内人。大した時間を掛ける気はないから、そんな膨れっ面をしていないで早く座ってくれないか」

　視線をこちらに向けたのは評価に値しますが、命令口調は訂正されていません。どうやら彼はこの店の関係者らしいのですが、それならば尚更、客に対しての命令口調とタメ口はいかがなものか。

　こうまで軽々に扱われて引き下がっては、狐の名折れ。

　これはもはや合戦です、ええ、絶対に負けませんとも。

　慇懃無礼な俺様男子の正面に、不服ながらも座ってやることにしました。

　ドカッとソファに腰かける私。

侍の如く強気に敵を威圧したつもりが、思いの外《ほか》に皮のソファも反骨心をお持ちだったようで、深く沈めた私の体を勢いよく持ち上げて、軽く二、三回、バインと上下に跳ねました。

いきなりこっ恥ずかしい。

「アンタ、俺が敵だと勘違いしていないか？　俺は確かに陰陽師の末裔だが、別にアヤカシの敵じゃない」

眉間に皺を寄せている私の顔を見て、男が言いました。私としては陰陽師とアヤカシという間柄は別に気にしてはいなくて、私とあなたが不倶戴天《ふぐたいてん》の敵だと言いたいのです。

「俺は表と裏の仲介屋、裏町を案内するのも俺の役目。だから金を取るつもりはない。あくまでこれはボランティア活動……ただ、そうだな、そうは言ってもせめて一杯くらいは注文してくれ。メニューはそこにある」

男は木製のメニュースタンドを顎でクイッと示しました。お酒を頼みなさい、とのことです。飲食店の暗黙の礼儀ですから、頼んで然るべきだと異論はありません。

「え〜と、スコッチ、アイリッシュ、ジャパニーズ……」

これはウイスキーの産地？

あまりお酒に詳しくない私。憧れはあるものの、黒い帽子を深く被ってリボルバー片手に、「バーボンをロックで頼む」なんて言える程にハードボイルド世界に染まってはおらず。

もう少し取っ付きやすいカクテル類はないのかな？

「マティーニ、マンハッタン、バラライカ……」

う～ん、聞いたことあるような、ないような。有名なのでしょうが、少なくとも初心者が好んで飲むようなお酒ではなさそう。

「梅酒とかはないの？」

お酒といえば梅酒、飲み会でもいつも梅酒を頼む私は、ここでも要求しました。

「日本酒や焼酎は裏だ」

相変わらずのぶっきらぼう。ああそうですかと、黒いメニュー表をペラッとめくります。

「純米酒、麦焼酎、え～と、梅酒は……」

梅酒を探している私の目に、妖怪酒、と書かれた欄が目に留まりました。白い血が垂れているかのような怪しいフォントの文字で名称が羅列されています。

「百鬼夜行《ひゃっきやこう》に、九尾の狐、大雨降らしに、夜行灯《よるあんどん》？　これは何？　面白そう」

一度も聞いたことのない銘柄にテンションが上がります。別にお酒を趣味にしてはいないけど、こんな名前のお酒、ちょっと飲んでみたい。

「えっとね、九尾の狐が飲みたい」

「まんま、だな」

冷静にツッコミを入れられましたが、別に構いません。むしろ私が狐であるからこそ、九尾の狐を飲んでみたいというのは自然な感情です。

どんな味がするのだろうとワクワクしていたら、横目にチラッと赤い色が映りました。気になってテーブルの隅に視線を移すと、背の低いアクリルのメニュースタンドが私に向かってアピールしています。どうやらデザートのようで、手に取って確認しますと、期間限定のパフェ・千紅花火《せんこうはなび》と書いてありました。

「あ、パフェもあるの？　イチゴとラズベリーなんだ。美味しそう」

お酒と一緒にパフェを食べる。酒好きは甘党も兼ねる時代です。

「他にもパフェはないの？」

「デザートも載ってたろ、最後の方に」

再びテンションを上昇させて、メニュー表をガバッとめくります。

「巨峰の黒真珠パフェ、金柑《きんかん》の黄金パフェ、宇治茶と紅茶とコーヒーの対決……あ～、金柑《きんかん》も食べたいけど、やっぱりここは期間限定かな」

限定という響き、万人の弱点だと思います。

「じゃあ、九尾の狐と、千紅花火で」

「ええのん？」

高千穂が私の隣に座りました。

「九尾の狐って薫のご先祖様の『玉藻前《たまものまえ》』はんが好んで飲んではったお酒なんよ。つまり相当、度数が強いけど、薫って私みたいにお酒に強《つよ》ないわよね？　梅酒にしとけば？」

「いいの、いいの。一杯くらい何てことないわよ。ご先祖様が飲んでいたお酒なら、尚のこと子孫が飲むのは道理じゃない」

「薫がそう言うならええけどね。マスターはん、玉藻前はんのお酒、ストックあります？」

「勿論、ご用意してあります」

髭のマスターは嬉しそうでした。滅多に出ない高価なお酒、ということで、酒を出す側としても冥利に尽きるのだそう。

高価って、そういえば値段を……見ていなかった。

改めて確認。

一杯で五万円。

口があんぐり。

「や、やっぱり止めようかな。だって一杯で五万も――」

「さあ、どうぞ。素晴らしいお酒でございますよ」

時、既に遅し。

咄嗟の制止も虚しく、既に目の前のグラスにお酒が注がれていました。もう後戻りはできません。

九尾の狐が描かれたラベルの貼られた瓶からは、如何にも妖怪酒らしく、禍々《まがまが》しい白黒のオーラが放たれて――

いましたが、注がれた液体の方は、まるで稲荷寿司《いなりずし》、ではなくて、黄金のように美しく輝いています。あまりの端麗さに思わず呼吸が止まって見惚れてしまう程。

「うわぁ、凄い。まるで宝石みたい」

「ホンマ、綺麗やわぁ。こんなん見てたら、私も飲みたくなってきたやないの。ねえマスターはん、蛇酒の青大将の瓶を開けてもらえます？」

「瓶、でございますか？　高千穂様は、今日はもう随分と飲まれていますが」

「構やしません。蒸留水みたいなもんですから」

高千穂は並みならぬ酒豪です。

以前、青鬼と飲み比べで対決したことがあるらしく、青鬼が酔って赤鬼になっている横で、彼女はその白い頬を一切赤らめもせず、その後も平然と飲み続けていたのだとか。

高千穂が注文したお酒、透き通る淡緑色の瓶がテーブルに置かれると、続いて私のパフェが運ばれてきました。

平たいカクテルグラスに、生クリームとチョコレートと、緑色のピスタチオクリームが層になって、その上のラズベリームースの水面《みなも》にはイチゴが円形に並んでいます。真ん中にルビー色のアイスの山があって、山頂に赤紫の花が咲いていました。この花が千紅花火というそうです。

「ほな、薫の出戻りを記念して――」

強靭な肝臓を持つ高千穂は瓶のまま、私はグラスで乾杯です。

まずはお酒から嗜みます。ご先祖様の愛したお酒とは如何なる味か。これは私のアヤカシ社会復帰への記念すべき、第一歩、ならぬ、第一杯目です。

グラスから稲穂の香りが立ち昇り、口に含んだ瞬間、澄み渡る甘味《かんみ》に声を一時《いっとき》、失います。

酒場にいたはずなのに、私はいつの間にか、黄金の畑を眼前に広げていました。豊満に実った沢山の稲が風に揺れて、首を傾け、優しい陽光が暖かく包みます。私は畑の中を駆けて、両手に光る種を掴み、空に向けて放ちました。

ふと我に返って、今度はテーブルのパフェを凝視しました。喉がゴクッと音を鳴らし、スプーンを手に取って、表面をさくっとすくいます。

舌に乗せると、景観が昼から夜へと移り変わり、丸い月が姿を現しました。

イチゴとアイスの甘さが広がって、ラズベリーの酸味が千紅花火の花弁に吸い込まれて、ひっそりと夜を彩ります。鳥になった私は羽を広げて、空へと羽ばたき、黄金の畑を見下していると、月が真横に追い掛けてきました。

至福とは、まさにこのこと。

この一瞬のために、私は今まで凄惨たる汗を流して、不条理な世を邁進してきたのではないでしょうか。

「ウットリ……」

およそ口にしたことのない擬音を口にしました。

上品な糖蜜を澄んだ岩清水で割ったような、舌に溶けて消えてなくなる微かな余韻を味わいながら、しばし、堪能していました。

そうして我に返った時、目の前の三つのグラスには、何も残っていませんでした。

三つ？

一つはお酒で、一つはパフェで、最後は梅酒のようですが、私ったらいつの間に梅酒を頼んだの？

「もういいか、随分と待ったぞ」

短髪の男が不機嫌そうにしています。彼の前にも先程まではなかったはずの、二、三ばかりの空きグラスが置かれていました。なるほど、確かに彼は待っていたようです。

「狐と聞いた時点で疑ってはいたが、九尾の狐の子孫だったか。益々、ややこしくなってきた」

彼は柄《がら》にもなく困っているようで、頭をポリポリと掻いていました。

今夜会ったばかりなので、彼については何も知りません。柄にもなく、というのはよく見知った相手に使う表現ですが、彼はここ半刻程、ほとんど眉毛を動かさなかったのです。無表情というか、感情がないというか、目と鼻と口の全てが棒線で作られた真顔というか。

そんな彼が、後頭部の髪をかいて唸っているのだから、柄にもなく困っている証拠でした。

「何がそんなに、まずいの？　私が九尾の狐の子孫であることが、そんなに良くないの？」

私の問いを聞いてか、聞かずか……

彼は星座が描かれた札をテーブルの真ん中に置いて、そこに一枚一枚、大木やら湖やらの風景が描かれた絵札やら、牛や戌《いぬ》の絵札やら、よくわからない三本線から成る図形の札なんかを、ぱしり、ぱしりと投げて重ねていました。

「何をしているの？　その図形の札は？」

「八卦《はっけ》だ」

そう教えてくれました。が、結局意味は分かりません。

「六壬神課《りくじんしんか》を現代的に簡易化したものだ。アンタ、裏町には祖母に会いに来たんだろう？」

「え、どうしてそれを？」

「自分でさっき、言うとったやないの。お婆ちゃんに会いに来たって」

高千穂は呆れた顔をしています。

「アンタの祖母は、玉藻三月《たまものみつき》さんだな」

「そうだけど……それも私、言ってたっけ？」

「それは言うてへんかったよ、名前までは」

「それくらいは分かるさ。俺の生業《なりわい》なんだから」

彼は続いて、寅《とら》やら申《さる》やらの絵を配置していました。

「屋敷の方角に受難の相が出ている。艮ノ鬼門《うしのとらの》でもないのに感触が好ましくない。アンタが祖母に会いたいという願いが容易に叶わんと占術に出ている」

「へえぇ、そないなことが分かりはるんやなぁ」

高千穂が感心しています。

「でも、私の時は占のうてくれへんかったやないの。どうして薫の時だけ占うん？」

「アンタは目的がなかったからだ。ただ裏町に酒を飲みに来ただけ。幼少期から表と裏を頻繁に行き来している者は、今更トラブルなんて起こさんだろうしな」

つまり私はトラブルを起こすと見なされた、ということ。これでも一応、人間社会では常識人で通るように努めていたつもり、なんですけど。アヤカシ社会の新人である私は信用を一から再構築する必要があるみたい。

「それで、ど〜して災難なの〜」

私の語尾が急に間延びします。あれれ、おかしいな。何だか頭もクラクラしてきました。無意識に首が左右にチッカチッカと、メトロノームのように揺れ動きます。

「思い当たる節はある。三月さんは裏町ではちょっとした有名人でな……俺は良い人だと思うんだが、快く思わない人もいて、今はそこへは行けなくなっている」

「どうして行けないの〜？」

「封鎖されているから」

「へえぇ、それって工事中って意味？」

「違う、封印されている。結界によって屋敷へ通じる鳥居が閉ざされている」

鳥居って、お婆ちゃんが住む裏伏見の――

って、あらら？

今度は世界がグルグルと回り始めました！

部屋の中に渦巻きが発生しています、大変です、どうやら地球の磁場が狂っているようです！

「うふふふふ」

世界の危機を前にして、何だか、可笑しくなってきました。

「おい、どうした？」

「結局、こうなってしもうたんね」

高千穂が額に手をやります。

「この子、強くないんよ、お酒に。それでいて笑い上戸だったり、泣き上戸だったり、怒りん坊だったり、甘えん坊だったり、時々によって症状が変わるんです。きっと例のお酒が今頃効いてきたんやわ」

「えへへへ、大丈夫だって〜、全然へっちゃらだしぃ〜」

湧き上がるハイテンションが、私の胸から飛び出そう！

度胸が漲り、勇気が溢れ、武運長久を有した神色自若の若き乙女は、この先に待ち受ける数々の困難に立ち向かうのです！

立ち塞がる厄災など、への河童、ダイダラボッチが山を跨ぐように、毅然とした態《てい》で試練を乗り越えてみせるわ！

「さあ、アヤカシ、モノノケ、人間共、全部まとめてかかってらっしゃい！　いこー、裏町へ！　お婆ちゃんの家を目指してレッツゴー！」

「おいおい、だから封鎖されているって言ってるだろ」

「何よ、あなたは案内人なんでしょー！　じゃあ、あなたが責任取って、その道を通れるようにしてよー。そうじゃなきゃ、そうじゃなきゃ、私、泣いてやるんだからー」

「そんな簡単な話じゃ……てか泣くなよ」

「うるさぁい、つべこべ言わずに、さっさと行くのー」

強引に彼の袖を引っ張って、ずんずんと店の扉へと向かいまぁす。

「おい、そっちは入ってきた方だろ。裏町へは逆だ、後ろの扉だ」

ほえ？　あ、そうですか、そうですか。

では、反対に向かえば、いいのれふねー。


急に意識がハッキリとしてきました。どうやら私は私を取り戻したようです。ですが、どうにも気になることがあります。さっきからペラペラとした紙がチラチラと私の視界を遮っていまして、『決して剥がさないでください』こう書かれているらしく、酔いが醒める術札だそうで、まるでキョンシーのようにオデコに貼り付けられています。

これじゃあまるで変人扱い。先程から高千穂がクスクス笑いっぱなし。こんなみっともない姿で往来に出ては、札を貼られて正気を保てているが故に、酔って麻痺するはずの羞恥心が容赦なく私に襲い掛かります。

「こんな札、今すぐ剥がしてよ。恥ずかしいじゃない」

「恥ずかしいのはさっきのような醜態だろう――おい、勝手に剥がすな」

「もう酔いなんて醒めたから平気……って、あら？」

　左右の足が意思と反して逆に歩こうとします。左足は右へ、右足は左へ、つまり足が交差して、それだとコケルわけで。

「言わんこっちゃない、泥酔《でいすい》状態で歩くのは危険だ。ほら、これ喰え」

「え、何？　む、むぐぐ……」

　床に倒れ込む私の口に、強制的に何かが放り込まれました。丸い塊が舌の上に乗っかります。さらに彼の右手で口を押えられて、無理やりごっくんさせられました。

　すぐさま、もの凄く苦い味が口内と喉元を占拠。

「うええっ！　何これ⁉　変な物を勝手に口に入れないでよ！」

「酔い醒ましの薬丸だ。即効性がある」

　……あら、本当。急に頭がスッキリ。

「そ、そんな便利な物があるなら――」

　有難い処置ではあるものの、では、あの恥ずかしい札は何だったのかと羞恥心が怒りに変わりました。

「あんな札じゃなくて、最初からコレをくれれば――」

「札は字を書くだけで済むからな。それに比べて薬丸はタダじゃない。仕入れに金がいる。だから料金は後で支払ってもらう」

「……いくら？」

「一粒、三千円」

「高っ！」

ガックリと肩が落ちます。これで早くも五万三千円の出費。社会人だからといってホイホイ札束が去ってしまっては生活に支障をきたします。とはいえ、消費し終えたお金については諦めるしかなく。

済んだことを気にしても仕方ありません。大行《たいこう》は細謹《さいきん》を顧《かえり》みず、と言うではありませんか。

さあ、気を取り直して裏京都へと出発しましょう！

どんな魅惑世界が私を待ち受けているのでしょうか。いわばアヤカシとして帰郷するだけですが、如何せん記憶が朧気《おぼろげ》なものだから、胸中で煮えたぎる興奮は海外旅行前夜と大差なく。

私は溢れんばかりの期待を引き連れて、『土御門屋』の裏口の取っ手を握りました。

新たな門出への緊張の一瞬です。

きっと扉の向こうで私を待っているのは、赫赫《かっかく》たる冀望《きぼう》なのです。

……前途は明朗の光ではなく、暗鬱《あんうつ》なる多難のようでした。とても暗い部屋へと導かれまして。

「何処、ここ？」

恐る恐る、カチコチ手足で踏み入る私。部屋中に配管が入り乱れている不気味な空間。製造工場のように銀色の四角い箱やら、円錐のタンクやら、ガスボンベやらが無数のパイプを介して手を取り合っています。

シュッ、シュッ、と所々から湯気が吹き上がって、そのせいか若干、蒸し暑い。

「地下の設備室？」

「裏通りにある銭湯のボイラー室だな。まさか裏側はこんな所に繋がっていたとは……どうりでコッチ側からの客が最近来ないと思った」

土御門屋は人間社会とアヤカシ社会を繋ぐ、貴重なお店のはず。それなのに随分と無責任な発言ですこと。

「かなり古い薪のボイラーを使っている。やっぱり味がある、コッチは」

小学校にある焼却炉のような懐かしいボイラーの扉を上下に開け閉めしながら、彼は顎に手を添えて赤く燃え盛る炎を見つめていました。炎を見つめていったい何が面白いのかは知らないけれど、彼は何かに憑かれたように、ただじっとボイラーを眺めてばかり。

ああ、もう！

今はボイラーになんて興味ない、私は早くアヤカシの町を見たいの！

彼との歩調を合わせるべく、逸る気持ちを抑える努力、なんてするはずがなく、私は一人で地下室の階段を駆け上がりました。

妙に明るい場所に踊り出ます。

どうやら銭湯の番台らしくて、傍に立っている番頭さんの全身は緑色で、体中に沢山の目が付いていて、それがギョロギョロと左右に動いて――

「うわっ！」

私は両手を万歳して驚きました。

……あ、もしかすると百目《ひゃくめ》さんかも、漫画で見たことある。

リアルでは久しぶりに見た本格的なアヤカシだから、つい気が動転してしまった。よくよく考えてみれば裏町ではアヤカシとの遭遇は日常茶飯事のはずで、これは大変に失礼な反応でした。

「すみません」

百目さんに謝罪し、そそくさと左に曲がります。ここで右に曲がるのが正解だったようですが、おっちょこちょいな私は特に確認もせず。

なんと男子更衣室に入ってしまい——

そこでは裸体の男性陣がアレを隠しもせずに、ウロウロしているではありませんか！

私は意図せず、多くの殿方達の一物《いちもつ》をドーンと拝見することに。

「すっ、すみません！　すみません！」

ミケランジェロの石像のように割れた腹筋。彼らの裸体と裸体の間を縫って、表へと一目散に駆け抜けました。

外に出て、はあはあと息を切らせて、近くにあった木の電柱に体を預けます。

私の心臓はバクバクと、まるで誰かが内側からシンバルをバンバン叩いているかのように脈を打っていました。鼓動を鎮めようと試みるも、先程の脱衣所にいたイケメンさんのアレが頭にポワポワと浮かんできて、思わずヨダレが出て、必死に首を振って煩悩を払いのけるのに精一杯で。

やっと息が落ち着いて頭を起こすと、一本の細い道の真ん中に私は立っていました。

通りには誰もいないのか、脱衣所とは打って変わって森閑としています。赤土の上には竹矢来《たけやらい》が長く、細く連なり、裏通りが垂直に貫く先の交差点からは、がやがやと賑やかでいて、とても楽し気な声が聞こえてきました。

きっとあそこが大通り。私の望むアヤカシ世界があるのです。交差点の先が、まるで暗くて長いトンネルの出口のように輝いて見えました。

童心が呼び起こされます。

もう狐の耳も、尻尾も、隠すのは止めて、光源を目指して夢中になって走りました。

その先で見た光景といえば！

今でも夢に見るくらいに、素晴らしい舞台だったのです。

第二章　アヤカシと、デモクラシー

江戸時代にタイムスリップしたかのような、宿場町風の大通り。

土道の両脇には煤けた黒い木造の家々が整列して、大抵は板屋根で、瓦葺《かわらぶ》きの武家屋敷のような大屋根もあって、藁葺《わらぶ》き屋根も所々に。

屋根の下からは数多《あまた》の店看板が随所からヒョコヒョコと顔を出しているかと思えば、なんと、看板達はウネウネと動いているではありませんか。意思があるらしく、不規則な動線で上下左右に配置を変えながら、「お前がどけ」「いいやお前こそ」などと罵り合って互いの場所を取り合っています。なんとまあ、自己主張の強いこと。

さらに屋根には赤提灯がぶら下がり、ぼっ、ぼっ、と火を吐いていました。

彼らは、お化け提灯です。

裏町では、お化け提灯が旅人を導く夜の案内人、になるはずが、ちっとも火を噴くタイミングを揃える気はないらしく、各人が思い思いのタイミングで好き勝手に火を噴いては、急にシーンとなって仕事を止めてしまいます。ずっとサボっている提灯もいて、火の代わりに鼻提灯を拵《こしら》えては、グーグーとイビキをかいているのです。

私はさらに一歩、往来へと踏み出しました。

本当に、夜の古都って美しい。

足元で土の道が光っています。背の低い行燈《あんどん》が等間隔に置かれ、光の道に変えているのです。こんな夜更けでも町全体はとても明るく、雰囲気も賑々しく、往来を行き交う老若男女の群れは、表京都での花の金曜日よりもさらに多い。

ピンク色の着物や、水色の着物の猫娘達が談笑し、他にも狸娘やら、小脇にお皿を何枚も挟んだ髪の長い女性もいます。お皿を抱えた女性には足がなくて、つまりは幽霊？　もしかすると、番町皿屋敷《ばんちょうさらやしき》怪談の『お菊《きく》さん』なのかも。

獣の姿のまんまで歩いている虎もいました。裏町では虎も普通に買い物をするらしく、背中にはタワシやら洗剤やらキッチンペーパーのような生活品ばかりが入ったビニール袋を乗せています。野生動物のはずなのに、すごく、人間臭い。

人間といえば、アヤカシや獣ばかりではなくて、普通に人も沢山います。表京都で、さんざ見慣れた酔っぱらいサラリーマンのように、和服を着た方々が他人の通行を妨げるのに一役買っています。虚無僧《こむそう》スタイルのお坊さんもいて、宵の町に清らかな笛の音を届けてくれます。

まさしく丑三《うしみ》つ時の繁華街。

私は湧き上がるテンションと共に、天の川のように光彩陸離《こうさいりくり》な町の光を眼下に敷いて、大きく空を見上げました。

正月でもないのに、凧が飛んでいます。

凧には足場があって、大の字になった赤鼻天狗や鴉《からす》天狗が、飛行機代わりに移動手段にしているのです。

「あっ！」

思わず、声が出ました。咄嗟に両手で口を押さえる私。

なんと、凧ばかりではありません。満月を真っ二つに割るようにして、大きな龍が鷹揚と空を横切っているではありませんか！　龍の背中には沢山のアヤカシが跨っています。あれってバスのようなもの？

私は夢の只中に身を置いていました。

高揚して、ずっと口角が上がりっぱなし。

世界の果てにある温泉街に来たような心境になって、いえ、それ以上にワクワクして、極楽の桃源郷《とうげんきょう》が、まるで地獄が天国に模様替えしたかのような不思議の町が、こんな近場の京都にあったなんて。

感嘆と驚嘆が左胸に集まって、ホウセンカの実のように、パッと弾けます。

さあ、冒険世界の始まりです。

私は往来を左へ右へ、亀のように首を伸ばしながら歩きました。

「あ〜らっしゃい、らっしゃい！　油を安くしておきますよ！」

小豆洗《あずき》いのような見た目をした紫色の御仁が、油壺に手を突っ込みながら呼び込みをしています。何の油なんでしょうね？

「さあ、食べて行っておくれよ。我が家名物の団子だよ。そこの狐のお嬢さん、どうだい、一つ」

「あ、どうも……」

食べ歩きのできる観光地みたい。恰幅《かっぷく》の良いおばさんに、串に刺さった真っ赤な団子を手渡されました。団子の原材料も気になりますが、我が家名物って何？　ローカルもローカルです。

郷《ごう》に入《い》っては郷《ごう》に従え、とりあえず一口食べましょう。

「辛ぁぁぁ！」

あまりの辛さに口から火が出ました。これは比喩ではなく、本当に火が出たのです。

「提灯団子。どうだい、お化け提灯になった気分だろ？　ほら、包みで持って行きな。お嬢さん、べっぴんだから十本で千円のところを、八百円におまけしといてあげる」

強引に藁半紙の団子衆をバッグに捻じ込まれます。お金も支払います。またもここで出費となりましたが、思いの外に安い。火の出る団子なんて面白いけれど、こんなに簡単に火が出せるのなら、大道芸人は大変です。

先程の団子で、口がヒリヒリしてきました。唇が腫れたりしていないかな？　触ってみると……別に腫れてはいない。でも、痛い。水が欲しい。お茶とかないのかな。


――黒飲料。


風になびく幟《のぼり》が見えました。お茶屋さんです。店頭販売もやっているようで、店主の赤いタコさんが七本だか八本だかの手足を往来にニョキニョキ突き出して、器用にカップに飲料水を注いでは、お客さんに渡していました。

「すいません、一杯ください」

「あいよ、三百円」

「あの、どんな味なんですか？」

「マイルドな味さ」

主観的で曖昧《あいまい》な答えと共に、紙コップに入った真っ黒な飲み物を渡されました。まるで墨汁みたい。ちょっと一杯の値段が高い気はしましたが、味はマイルドとのことですので、辛さで悲鳴を上げている舌を、牛乳のように優しく包んでくれることに期待します。

一口、流し込む。

う～ん。

どう表現すれば良いのかな？

微糖のコーヒー牛乳のように確かにマイルド……でも、ちょっと生臭い風味があるような。

「ちなみに、何の飲み物なんですか？」

「ん？　ワシの体液」

ブッ！

ゴホッゴホッ！

思わず噴き出しました。タコの旦那で黒い飲料水、の時点で気付くべきだったのかも。

つまりこれはタコ墨⁉

「どうしたい、お嬢さん。イカ墨の方が良かったかい？　イカ墨なら二百円だよ」

「いいえ……大丈夫、もういろいろと満たされましたから」

しばし、むせる私。

悶絶している私の横を、和気あいあいと大人達が、子供達が、手を繋いだ善男善女が、愉快な会話を繰り広げながら通り抜けて行きます。

のっけから少々、散々な目に遭いましたが――

すっごく楽しい！

普通の人間であったのなら、ここに来ることは決して叶いませんでした。私、本当に狐で良かった。あまりに上機嫌になったせいか、気が付くと、両耳と尻尾がピコピコ揺れていました。

あら嫌だ、これじゃあまるで喜んでいる犬みたい。

その後も、鼻歌混じりに商店街巡りに精を出します。

――雪女のかき氷。

――唐傘お化けのレンタル傘。

――金物屋《かなものや》・山姥包丁《やまんばぼうちょう》。

個性的なお店ばかりが連なっていました。店名もそのまんまで、とても分かり易い。
そういえば、最高潮の観光気分ですっかり忘れていましたが、小物を買ったり、お菓子を食べたりしているうちに、ハッと思い出しました。

裏町には仕事を探しに来たのです。

仕事といえば雇われることばかりを考えていましたが、別に経営側でもいいはず。個人商店も立派なアヤカシ仕事なのだから、皆さんがしているように個性を生かした店舗経営もアリかな。

この流れでいくと、
『女狐《めぎつね》の油揚げ』っていう感じ？

う～ん、いろいろと問題がありそう。

まず、油揚げだけでやっていけるのか、という利益面の心配。単価が安過ぎて薄利多売《はくりたばい》にも程があるし、需要もニッチでマイナー過ぎて、いったい何処の誰が油揚げをわざわざ専門店に買いに来るのか。

狐なら買うかな？

狐が売る油揚げを、狐が買う。つまりは母とお婆ちゃんが、私の店に買いに来る絵面が容易に想像できます。これじゃあ駄目だ、身内でお金をグルグル回しているだけ。そもそも狐は油揚げを食べる側ですから、大抵、美味しい料理を作っているのは人間なのでした。

「やあやあ、これは表からやって来たばかりの方ですな」

思考の湯船に浸かっていた私に、見知らぬ蛙さんが声を掛けてきました。緑色の体に水色の小袖を羽織った、小太りで丸メガネの蛙です。蛙って両性具有でしたっけ？　違いますか、両生類でしたか。では、おそらくこの方は男性なのでしょう。

「どうして、私が人間社会から来たばかりだと分かったのですか？」

「そんなナリをしていますからな」

確かに私は周りの方々のように和装ではありません。ボルドーワインレッドのトレンチコートだから、これはちょっと目立ったかも。

「何かを探しておられますな？」

「あら、それもどうして分かったのですか？」

「探し物をせんで、表から裏へ来るのは物好きだけで。それでいったい、何をお探しで？」

「裏町で仕事を探しているんです」

「ほう！　仕事を！」

蛙男さんの興奮の沸点が分かりませんが、唐突に語気を強めました。最後に、ゲコッと鳴いたような気もします。

「これは奇遇ですな、実は人間社会に精通しとる新人を探しておったのですよ。私は或る会合に所属していますが、常に新しい気風を、新進気鋭《きえい》の若きアヤカシ達を求めていましてな。いやあ、あなたは本当に良いタイミングでここにいらっしゃった！」

まるで、無価値な石ころやら絵画やらを売りつけてくる街頭詐欺販売のような口ぶり。テンポ良く口上を捲し立てて、二束三文の石を高い宝石だと豪語《ごうご》して買わせるつもり？

「おや、お顔が優れませんな、まさか金を取られるとでも？　別にお金などいらんのです。無論、クラブの会員になるには月額料金が発生致しますが、我らの求めるのは議論と共感と対立でしてな。目的は熱き討論でしてな、決して怪しい者ではございません。いや、アヤカシではありますがな、ハッハッハ」

怪しくないと言うアヤカシの勧誘。

どう考えたってアヤシイのですが、これも郷《ごう》に入っては郷《ごう》に従え。お役所の転入届のように新参者に必要な手続きがあるのかもしれませんし、そこに謎があれば追求したくなるのも人の、いえ、狐の性分なのだから、無下に断るのは憚《はばか》られました。

それに、アヤカシ社会で仕事にあり付くためにも、いろいろと知見を増やしておいて損はないはず。

まあ、こんなにも往来には沢山の方々がいるのです、いざとなれば悪党の股間を蹴り上げて助けを求めれば良いかと。

勧誘主である蛙男さんは、片足ずつ順番に前に出し、肩を大きく交互に揺らしながらヒョコヒョコと私の前を歩いていきます。おそらく蛙であるがために、足がガニ股で固定されているものだから、必然的にそのような歩き方になるのでしょう。ちょっと進みが遅いな、なんて思っていると、たまに両足を揃えて、ぴょん、と大きく跳ねたりもします。誰かにぶつからないかとヒヤヒヤです。

「あの、何処へ行かれるんですか？」

大通りを右へ曲がって、左に曲がって、また右に曲がった辺りで暗い裏道に入ってしまったので、不安になった私がそう尋ねます。表通りは太陽が道を照らしているかのように明るかったのに、戸の閉まった裏通りは暗く、空には月がよく見えました。

「旧暦では八月だったそうですが、中秋の名月が終わっても、満月というのはいつ見ても素晴らしい」

蛙男さんは満月を見上げながら、そんなことを言います。

「月にウサギがいる理由は知っていますかな？　おや、知らない？　おかしいですな、伝承によるとあなた方、狐もこの話に関与しておったように思いますが。一説によると月にはウサギの他に、我々、蛙も住んでいるという話がありまして。もしそうであるならば、月面世界で水をどうしているのかと、月に住む同族の安寧《あんねい》が大変気がかりではあるのです――まあそれは置いておきましょう。ちなみに、あなたは大正ロマンを知っておられますか？」

私が聞いていたつもりなのに、どういうわけだか、私が散々聞かれていました。

「いえ、知りません。教科書に出てきた言葉のような気はしますが」

「そうなのです、教科書で習うように、日本の近代化には欠かせない時代だったのですよ。大正ロマンとは、大正時代特有の、絢爛《けんらん》と暗澹《あんたん》という相反する要素が混ざり合った文化や思潮のことでしてな」

「は、はあ……」

「一部のお偉方だけで成された文明開化の波が、庶民の自発的な活動によってさらに大衆化した、まさに激動の時代だったのです。大正ロマンから昭和モダン、レトロへと移り、平成……は何でしたかな、まあ現代に至るわけですが、大正の当時は日夜、サロンで思想家達の激論が交わされておりました。その現代版が、我々が所属する会合、『アマモリ』というわけです」

「雨漏り、ですか」

熱気ある討論どころか、穴が開いているような。

「雨垂《あまだ》れ石を穿《うが》つ、的な精神でしょうか？」

「うん？　それでは字が違いますな、雨ではありません。『アヤカシの未来を守る会』、略してアマモリです。料亭を根城としていましてな、月に一度か、二度か、暇な時は五度くらい――ほら、言っている間に、あそこに見えてきましたよ」

水かきのある緑色の手が指し示す先は、とても高級そうな料亭でした。よほど敷地が広大なのか、大きな門から延びる塀が何処までも長く続いています。入口の瓦屋根の門を潜ると、平安時代のお屋敷のような庭園があって、渡り廊下に面する数多《あまた》の和室の障子には、影絵のようにアヤカシ達の躍る姿が映されていました。

「随分と賑やかですね」

「酒が入らねば、本音で語れませんからな。弁論には敢然《かんぜん》とした態度に加え、勢いが大事です」

玄関で靴を下駄箱にしまうと、部屋へ案内されます。客を各部屋へ導くかのように赤い敷物が枝分かれしています。私は絨毯《じゅうたん》の上を慎ましやかに歩いていましたが、たまに蛙男さんが蹴っ飛ぶものだから、せっかく綺麗に敷かれたレッドカーペットは後ろに捲れてグシャグシャになりました。

「さあ、この部屋です。初回の参加は無料でして、女性はさらに半額です。無料の半額ですから……いくらですかな？ ○を二で割ってみるとよろしい。おや、割れませんか。では、参加費はいらんということですよ。だから今日は払わんでよろしい」

それだけのことを言うのに、随分と長々しいくだりが必要ですこと。母からは裏京都には屁理屈屋が多いと聞かされていたけれど、本当にそうみたい。

襖《ふすま》を開いて畳の和室に導かれました。

部屋中に、むっつりと膨れ上がった空気が破裂するかのように押し込められています。緊迫した議論の真っ最中だったのかも。

狼、河童、亡者に、ろくろ首に、軍服を着たお偉いさんなど。

総勢で二十名程の彼らは、一つの大きなテーブルをぐるっと囲むようにして紫の座布団に座っていました。長テーブルは四角形に四つ並べて、真ん中にすっぽりと空間のある妙なもの。ベルトコンベアーらしき装置は見当たらないのに、回転寿司みたいに色とりどりの料理やら酒やらが流れています。

日本酒、焼酎、ワインに、ウイスキー。

ステーキ、スペアリブ、サラミ、ピーナッツ。

刺身、焼き魚、鳥の揚げ物、湯葉料理。

牛の頭、コウモリ、ムカデ、目ん玉などなど、和風、洋風、中華にアヤカシ風まで。

「おや、あなたは新人さんですか？」

奥に座っている目鼻の整った銀髪の男性の方が言いました。長く垂らした前髪がギラッと光る片目を隠しております。銀色の髪と白装束のコントラストがとても綺麗に映えていました。

「彼女が往来で暇しておったようなので、連れてきました」

蛙男さんの紹介によって、私は勝手に暇人にされています。まあ、無職ですけど。

「なるほど、ではここに来たのはちょうど良いでしょう。少なくとも退屈はしませんから。そこの狐さん、私の横に座りなさい。ここは無骨な輩《やから》が多いから、傍にいれば安全です」

「おい、アタシも女性だけど、そんな特別扱いは受けたことねーぞ」

赤い髪の女性が、ドンッと、徳利《とっくり》でテーブルにハンコを押しています。武人のような出で立ちです。戦国の世で最前線に立って戦う姫武将のよう。

「その強さで警護の必要性があるとは思えませんが、最初は同じように接していたはずですよ？　それなのに、ここにいる方々に豪快なビンタを見舞ったのは誰ですか？」

「こいつらが酔って腰に手を回すからだ。アタシの胸まで揉みやがったんだから、首が飛ばなかっただけでも有難く思うことだね——ああ、新人の狐さん。良かったらアタシの横においでよ。そいつは見た目と口ぶりが良いからね、ハマると抜け出せなくなるよ。骨抜きにされた女性が後を絶たないんだ、下手に近寄らない方がいい」

「失敬ですね、まるで私が西洋のインキュバスであるかのような言いぶりです。そんな見境なく言い寄りませんし、好きな相手には一途だと自負しておりますが」

「へえ？　その割にはいつも口説いてばかりじゃない？」

「私から口説くことなど滅多にありませんよ、勝手に取り囲まれているだけです。お断りしても付いて来るのですから」

「そりゃ気苦労が絶えないね。色男もここに極まれりってことか」

色男云々《うんぬん》はともかく、確かに銀髪の男性は絶世の美男子でした。おそらく女装をすれば美女にも成れる気がします。それに、性格も知的で優しそう。

とはいえ、今はちょっと人間社会で浮気をくらって男性恐怖症の真っ只中。それに犬やらオオカミは本能的に身構えてしまう。気を遣ってくださった銀髪さんには申し訳ないのですが、ここは女性の隣に座ることを選択します。

「よろしく、アタシは夜叉のアヤメってんだ」

「狐の薫です。アヤメさん、宜しくお願いします。ちなみに私は何をすればいいんですか？」

「別に何もしなくていいよ。ただ自称、革命家とやらの弁舌を聞いていればいい。たまに感想を求められたら手を叩いて褒めておけば、あいつら満足するんだ。アタシは酒と肴《さかな》を楽しみに来てるだけ」

アヤメさんはグビッと徳利《とっくり》の酒を飲み干すと、

「じゃあ続きをやんなよ、旦那衆」

彼らを煽《あお》りました。

「では要望にお応えして」

蛙男さんがテーブルの真ん中の穴に、ひらりと躍り出て一礼します。

「我らは現代に風を巻き起こす気鋭《きえい》の思想家。この世を憂う孤高の狼である我らがこうして一堂に会しておるのですから、存分に内に秘めたるパトスを解き放っていただきとうございます。さて、確か答弁は、情熱と地位をめっきり失いつつある現代アヤカシには何が必要か、という討論の中途であったように存じますが」

「そうでしたね」

銀髪さんが説明します。

「アヤカシが人間として生きねばならなくなってから、早、千年。それでもこうして裏町では自然に振る舞っているわけですが、寿命が長い分、裏町の限られた椅子に全員が座ることはできません。共存か、独立か、常々意見が割れてきましたが……ひとまず、昨今のアヤカシに対して思うところを発言していただきたいと」

「アヤカシたる個性を、我々は徐々に失いつつあると思います」

こう述べたのは『のっぺらぼう』さんです。私から見れば、アヤカシの中でも個性的だと思うのですが。

「私はこんなナリをしていますから表に出ようと思いませんが――」

のっぺら顔のまま人間社会を歩いたら阿鼻叫喚《あびきょうかん》ですから、当然でした。

「同族の中には、のっぺらを捨てた『ぼう』が沢山おりまして。表に出る際に目鼻がなければオカシイからと、テキトーに目鼻を拵《こしら》えているうちに見分けが付かなくなりました。もう『のっぺら』ではないから、つまりは『ぼう』と、これまた不思議な存在でして、思わず同族の行く末を自虐的に笑ってしまうのですが、私には笑う顔がないものですから、他から見たら無表情だと言われて――」

「それは私達も同じなのですよ」

今度は、桃色の小袖に黒髪を結った女性のろくろ首さんです。

「とても美人ですね、お付き合いしませんか、などと殿方に声を掛けられて、舞い上がって思わず首を伸ばしてご覧なさい。忽《たちま》ちの内に退散されて、悲鳴だけが残ります。どうにも人間は異質なる存在を受け入れる度量が狭いように思いまして、それでも女性として見られたい者が多いのですから、私の姪《めい》なんぞは、鏡を見ながら首を伸ばさない練習を――あ、あれは」

ろくろ首さんは余程、餃子を食べたかったのか、遠くの皿にまで首を伸ばして、ぱくりと、お行儀悪く口で掴みました。

「気合が足りんのだ、主《ぬし》らも含めて、どいつもこいつも腑《ふ》抜《ぬ》けてばかりおる」

これは頑固そうに立派な顎髭を生やした侍男性の発言。

「嘆いている暇があれば、とっとと行動に移すべき。儂《わし》が数百年前に若者をやっとった頃は、もっと皆が活発であった。信じる旗を掲げて、勇猛に敵と争ったものよ」

はて、いったいこの方達は大真面目に何の話をしているのでしょうか？　各人が胸中に抱いている想いは伝わりますが、この会合の目的を知らない私には、いまいち討論のゴールが見えず。

「あの～、ここはどういう場所なんですか？」

隣で酒ばかり引っ掛けているアヤメさんに聞いてみました。

「なんだ、聞かされてなかったの？　さては蛙野郎、通りで手当たり次第に声を掛けているな。ここは次代を担う思想家達の集まり、らしいよ。アヤカシの地位を守るってのが根底にあるようだけど、徒労な論調を押し付け合う性癖の方が勝る連中ばかりだからさ、普段は政治論争なんかをやってるよ。何でも江戸時代より前から続いているみたいで、まあアタシはそんなの知ったこっちゃないんだけど、ここから時代の変革を促す思想が生まれたって話。江戸から明治に移る佐幕と倒幕論争もそうだし、大正時代のデモクラシーもそうなんだって」

「大正デモクラシーって、何でしたっけ？」

「アタシも詳しくは知らないけど、民本主義？　だったかな、そんなことを連中が口にしてた。概念的なもんだけど、言ってみれば民主政治やら、自由やら、平等権の先走りだよ。昔は一般人に選挙権がなかったらしくてさ、大正時代の政治運動がきっかけとなって選挙権が認められるようになったらしいよ」

「へぇぇ……そんな時代があったんですねぇ」

選挙権がないなど、今ではとても信じられないことです。言われてみれば学校で習ったような気はします。子供の頃は、ふ〜ん、くらいにしか思っていなかったので頭に残らなかったのかも。別に今も勉強熱心な性格ではないけれど、改めて大人になってから聞いてみると、ちょっと興味深い。

「ご大層な答弁は連中にやらせておけばいいのさ。アンタとアタシは、食べて飲んでいれば良いんだよ。ほら、一献、注ぐよ？　遠慮せずに飲みなよ」

「あ、はい、どうも……いただきます」

酒乱による醜態を、案内人の男性、そう言えば名前をまだ聞いていませんでしたが、安倍晴明さんの末裔に酩酊《めいてい》するなと、窘《たしな》められてはいましたが――

これも入るべき郷《ごう》でしょう。

それにお酒は嫌いではありませんから。

一時間程が経ったのでしょうか。

私は食欲が旺盛な方で、ひたすら料理を平らげていました。酒は控えようと心掛けていたつもりが、隣のアヤメさんが、酒豪の高千穂にも負けず劣らずのペースで日本酒やら焼酎を引っ掛けては、虎か象の如く肉を食らっているのでして。あ、象は草食でした。そんな彼女に次々と酒を勧められて、すっかり体が火照《ほて》ってしまい、段々と酔いで視界が歪んできました。

アヤカシ達が小難しい会話を繰り広げている眼前の光景が、夢魔《むま》の魅せる幻想のように言葉の音韻だけを残して、蜃気楼の只中へと私は沈んでいくのです。

「そもそも文化の色がゴチャゴチャだから」

「未だに武家屋敷なんてあるものね」

「座敷童子《ざしきわらし》に鉄筋コンクリートは似合わないでしょ」

「火車のワシには、コンクリートが丁度いいのだが」

「当初の趣旨からズレてきたようですね」

討論の場が懐古主義と未来志向との対立構図を描き始めた頃、例の銀髪さんが皆の会話を遮りました。彼はこの座敷の上座、つまり一番奥の中央に座していますから、どうやらこの会合では一番偉い人のようです。見た目は一番若そうなのに。

「今夜のテーマはアヤカシ社会の脆弱性《ぜいじゃくせい》についてどう思うか、だったのでは。それがいつの間にか電気街よりレトロ街がいいとか、洋服と妖服の違いは何かとか、妙な話題へと逸れています。せっかく今宵は人間社会で住まう若きアヤカシを招待しているのですから、その方々の意見を改めて聞こうかと」

他人事のように酒池肉林の料理にばかり現《うつつ》を抜かしていた私は、ちっとも聞いていなかった授業で先生に名指しされた時のように、心臓が飛び出てコンニチハと言い出しそうなくらいにドキッとしました。

まさか人間社会で住まうアヤカシとは、私のこと？　なんてビクビクしていたら、

「では、そちらの男性陣にお伺いしましょう」

銀髪さんはサラリーマン風の若い男性方を指差しました。

良かった、まだ他人事でいられそう。

「あなた方は、表の京都で人間が経営する会社に勤めていると聞きましたが？」

銀髪さんがそう言うと、私と同じ年くらいの二人の男性が、

「ええ、そうです」

と返事をしました。

「自分らは別々の会社に勤めていて、去年に新入社員として入社したばかりで」

「どんな仕事を？」

「自分は車のディーラーで、こいつは……」

「生命保険の営業です」

と、もう一人。

「表では、アヤカシであることは公言しているのですか？　例えば、信頼できる知人には限定的に伝えているとか」

この質問に二人の男性は顔を見合わせ、

「別に……わざわざ言うメリットがないので。だってアヤカシだと告白したところで、はい？　ってなるだけでしょ？　面倒くさいですよ」

ここで一旦、場の空気が固まりました。

私としては彼らの見解はごく普通のように思えましたが、眉を寄せる方々が幾名ばかり。この場にいるのはアヤカシらしいアヤカシが多いせいか、人間社会に五臓六腑を染み渡らせている私達のような存在を快く思っていないのかも。

「まあ、それもそうでしょうね」

銀髪さんは、一定の理解を示しています。

「これが今のスタンダードな生き方だと思います。現代人のアヤカシに対する寛容性がさほど高くないのは、皆さんが議論していた通りです。今やアヤカシの存在は知る人だけが知る程度に留まっていますから、表では自分がアヤカシだと告白できません」

「誠、情けない限りだ」

髭侍さんが徳利《とっくり》を片手に議論に割って入りました。この方は先程からアヤカシの政治主権を唱えつつ、昨今の若者の不甲斐なさを問い続けているのです。

「まあまあ、人間側にそれを許してきたのは我々の先人達であって、現代の若者を責める謂《いわ》れはありません。ちなみにそうなると、やはり人間との結婚も視野に入れていますか？」

「どうしても、そうなるかなぁ」

軽いノリで答えています。彼らは私よりも、さらに今時の若者っぽい。

「敢えて人間に拘《こだわ》ってはいないですけど、明らかに人間の女性の方が数が多いでしょ？彼女を作るのだって大変なんだから、まして結婚相手の種族までいちいち選別していられないっていうか」

「なんだ、アヤカシの誇りを失っておるばかりか、人間の女にまで媚《こ》びへつらっておるのか」

またも髭侍さんです。

「アヤカシの血はどうした？　人間の血を交えようなどと、良心の呵責《かしゃく》はないのか」

「だって僕らの前の代から、ずっとそうなってますよ？　こういうのって、もう普通の

「なんと、主らもやはり腑抜《ふぬ》けの家系か！　人間を受け入れようなどと、この裏切り者共め！」

　髭侍さんが興奮して立ち上がりました。

「いいか、儂はな、男児が生まれなければお家断絶と言われておった時代から生きておるのだ。家督を譲り受け、男児が生まれ、武勲を立てて家の名を揚げ、家紋を守るべし。アヤカシの系譜に生まれたのならば、アヤカシの血は意地でも守らねばならん。それを順守しない精神を育てるなどと、お主らの親は相当に碌《ろく》でもないわ！」

　この方は人間とアヤカシの共存がお気に召さないようですが、私も人間社会で働く男性方と似たような立場です。私の母は表京都で、『神様と自然と、人間とアヤカシ』の、全ての生きとし生けるものの共存を理念としてきました。なかなか現実は理想通りとはいきませんが、先祖代々から受け継いでいる思想に誇りを持っていますし、批判が私個人ならまだしも、このように家族にまで及ぶのは、さすがにカチンときます。

「それって前《ぜん》時代的じゃないですか？　別に敢えて意識する必要ないですよ」

「前《ぜん》時代的とは何だ！　お主ら次世代のアヤカシがどうにも不甲斐ないから、人間ばかりがつけ上がるのだろう！　腑抜《ふぬ》けにも覇気を失って昨今の政治や社会のあり様に異を
感覚じゃないですか？」

唱えることもできずに、人間にコキ使われておる軟弱者め！」

「ちょっとは落ち着きなよ」

隣で日本酒を引っ掛けているアヤメさんが、仲介に入りました。

「考え方は多種多様だろ？　無理に賛同する必要はないけどさ、頭ごなしに罵倒しなくてもいいよ。仮にもゲストで呼んでんだから」

「なんだ？　食って飲んでばかりしておる奴が、一丁前に歴史の生き証人である儂に吠えるのか？　のらりくらりとしておるだけで、未だ何も成しておらん輩《やから》に崇高な意思を汚《けが》す権利などないわ！」

「全く、どっちが輩《やから》の口調だよ。じゃあさ、その崇高な歴史ある大和魂ってやつをアタシに見せてみるかい？」

「待ちなさい、二人とも」

銀髪さんが二人を止めようとします。

「アヤメさん、あなたが暴れると屋敷が壊れます。それから唐変木《とうへんぼく》さん、酒に酔って熱き討論を交わすのは構いませんが、人間とアヤカシの議論で、他人の血筋まで誹謗する論調はいけません」

「この会合の主たるあなたが、そんな弱腰だからいけないのですぞ！」

髭侍が反抗しています。唐変木は分からずやの揶揄ではなく、名前のようです。

「我らの主権を奪還するためには、熱き魂を呼び覚まし、アヤカシたる信念と強さを取り戻さねば政治的な活動もできんのですよ。もう臨界点に達しておるのです。綺麗事ばかりでは改善せんのです。大義名分の下に強硬策に今こそ転じ、こういった不埒《ふらち》な異分子は早々に排除して、これからは新しい国家体制を世に唱えるのです」

「異分子の排除って、馬っ鹿じゃないの！」

立ち上がって叫んだ私に、一斉に視線が集まりました。

ずっと大人しく黙っていたから、そんな私が怒りと酔いで真っ赤になった顔で、おちょこを床に投げつけたのが一同には意外だったようでして。

ああ、私は酔っていたんです。

先に言い訳をさせてください。

ここから先に起こることは泥酔《でいすい》ゆえの暴言であり、酩酊《めいてい》ゆえの痴態《ちたい》なのです。でも、言っていることは私が正しいと思います。

「さっきから聞いていれば、人間、人間って。そんなに人間が嫌いなら、あなた独りの社会で寂しく生きていきなさいよ！」

「なんだ、お前は狐か？　最初から気になっておったが、お前、妙に人間臭いな」

「ええ、臭くて結構、ついこの間まで人間社会で生きておりましたので」

「何だと？　人間に魂を売った売女《ばいた》がここにもいたか！」

「売女ですってぇ！　むっかあ！　もうアッタマきた！」

足元の長テーブルを跨いで中央へ乗り出し、細長いテーブルを挟んで頭カチコチ・唐変木に詰め寄ってやりました。

「デモクラシーだかデリカシーなしだか知らないけれど、新しい夜明けとやらを謳《うた》う会合で時代逆行を平然と吐き出しているから、ちっとも世の中は前に進まないんじゃないの！」

「若造が何を言うか！　儂が今までどれだけの激動の時代を生き抜いてきたか」

「あら、激動の時代を生き抜いてきたのに、精神の成長は数世代前で止まっているってわけ？　未来への原動力のためには熱き魂も必要だ、なんて言ってたけど、あなたが持っているのって高尚な精神なんかじゃあなくって、身勝手なゴリゴリのレイシスト思想じゃない」

「差別を好きで拡散するつもりはない。とはいえ、偽善ばかりを主張しても実を伴わん。改革とはそういう類《たぐい》のものだからな」

「だから、それをファンタジーって言うんでしょ！」

「……ファンタジーって、何？　空想？」

誰かが言いました。部屋中に疑問符が飛び回っています。

ファンタジーじゃなかったっけ？

「薫、ファンタジーじゃなかったっけ？」


「薫、ファシズムだ、ファシズム。独裁主義って言いたかったんだろ？」

アヤメさんが横に来て耳打ちしてくれました。

「そ、そう。ファシズムよ。そういうのって権力者側の弁論じゃない。国家の犬にならずに体制に抗うべきだって、ついさっき、あなたが言ってたんでしょ、この嘘つきの分からずや！」

「こ、この儂を嘘つきのヒゲ馬鹿クソ野郎、だと？」

ヒゲ馬鹿クソ野郎、とは一言も言っていませんが、悪口を言ったのは事実です。彼は怒りで頭から薬缶《やかん》のように湯気を噴き出しています。奥の方からは、クスクスと笑いを堪えている銀髪さんが。

「無礼者が、この貧乳娘！」

「あー！　言ったわね、胸の大きさは関係ないでしょ！　そっちこそ無礼よ、この陰金《いんきん》侍《ざむらい》！」

「儂が陰金かどうかなんて服の上から分かってたまるか！　おのれ、これまでの数々の非礼、武士には切捨御免《きりすてごめん》の特権があるのを知らんのか？　ここで手討ちにしてくれようぞ」

「それこそ、いつの時代まで遡る気だよ」

アヤメさんが立ち上がって髭に詰め寄りました。

「それに無礼はそっちが先さ。まあいいよ、腕っぷしでの勝負なら薫の代わりにアタシが受けて立つよ。せいぜい負けて泣きべそかいて、涙を誤魔化すために鴨川で行水《ぎょうすい》しないこったね」

まさに一触即発。

もう、いつ抜刀して抜き身を晒すのか分からない唐変木さんを前に、アヤメさんは腕組みしたまま仁王立ちしています。「いつでもいいよ、かかってきな」なんて余裕綽々に言っています。

私は私で、とりあえず傍にあったお鍋の蓋をメデューサの呪いを跳ね返す鏡のように構えました。

「なんだ、取り込み中か。今日は随分と賑やかだな」

誰かが入口の襖《ふすま》を開きました。聴衆の視線は私達から、一気にそちらへと遷移《せんい》します。

新たな参入者の正体は――

この短時間なのに妙に懐かしい顔、例の土御門屋の陰陽師でした。

案内人さんは蕎麦の出前のように、掌に紫の薄平らな風呂敷包みを乗せています。彼は平然と部屋の中に踏み入ると、そのまま部屋の中央にいる私達をマイペースに追い越して、奥の銀髪さんの前へ。

その間、誰も動こうとはしません。理由は特にありませんが、そういう空気ってあると思います。

「前から頼まれていた品だ」

案内人さんが風呂敷を銀髪さんに差し出します。

「ああ、やっと持って来てくれましたか。全然渡してくれないので、忘れているかと思っていました」

「忙しかったからな。実際に忘れていたのもある」

彼はそう言うと、チラッとこちらを見ました。

「あれは何の騒ぎだ？　この界隈での争い事はご法度《はっと》のはず」

「気にしないでください。少々行き過ぎた議論の行方です。刀を抜いた瞬間には私が割って入るつもりでした」

「抜く前に止めろ。あの二人のことだから互いに大事には至らないだろうが、他人が巻き込まれる恐れは十分にある」

案内人さんがこちらに戻って来ます。

「唐変木さん、あなたの武芸は尊敬に値しますが、争い事は止めていただきますよ」

丁寧な口調で彼はこう言いましたが、静かな凄みを感じます。

「別に儂は討論をしておっただけだ。それをこやつらの侮辱が過ぎるから、こうなったまでよ」

「あなたのことですから、また極端な論評をしていたのでしょう？　個人の思想を胸中に抱くのは自由ですけど、差別を助長するような発言を声高《こわだか》に叫んで、争いを誘発するのは困ります」

「だから儂は正しいと思っとることを言っているだけだ。それを――」

唐変木さんがピタッと言葉を止めました。案内人さんの目を見たからです。案内人さんの右目が青く光って、鬼火のような気が漂っています。傍にいる私まで、震えが全身に走る程の迫力。さすがは陰陽師の末裔、アヤカシ相手には分があるのかもしれません。

現に、

「わ、分かっておる。今宵は酒を飲み過ぎた、捨て置け」

あれだけ喚き散らしていた唐変木さんが、鞘《さや》から手を放して大人しく席に着きました。

「なんだ、四条から五条までぶっ飛ばしてやろうと思ったのに。まあ良いか」

アヤメさんも大人しく自席に戻ります。

二人が引き下がると、残されたのは私と案内人さんだけ。彼はずいっと顔を私に近付けてきました。

あれ、ちょっと……怒ってますか？

「で、アンタはこんな所で何をしてるんだ？」

「へえ？　何って、別に何れもないしぃ〜」

呂律《ろれつ》が上手く回りません。

「さてはまた酔っているな？　飲み過ぎるなと忠告したばかりだろ」

「その狐さんと知り合いですか？」

銀髪さんが聞きました。

「まだ案内途中だ」

案内人さんが答えます。

「こいつは表から裏に来たばかりで、まだ何も分かっていない。この中の誰かの勧誘を受けたのだろうが、今はまだ土御門屋の管理下にある。だから今日はここで引き取らせてもらう」

「構いませんよ、ここは世を憂う者達の討論の場ですので、出入りは自由。別に止める気はありません」

「そういうことだな。おい、さっさと行くぞ」

案内人さんに強引に腕を引っ張られて、私は足をもつれさせながら退散しました。二回くらいは転んだ気もします。

部屋から去り際に、

「気丈な狐さん、また会いましょう」

銀髪さんが笑顔で言っていました。

料亭から出ると、すっかり夜も更けていたのでありました。

いえ、ここに来た時からずっと夜なのでした、そういえば。酔って頭がクラクラなのです、舌も頭も働きません。

月の夜道を歩く私と案内人さんの二人です。しばらく互いに無言のままでしたが、やがて、「おい、お前」と、彼に少々怒り気味に話しかけられちゃって。

「あそこは穏健な部類とはいえ、過激な会合も裏界隈にはある。女がむやみに見ず知らずの連中に付いて行くべきじゃない」

「女、女ぁって、あなたも戦国の侍なの〜？」

さっきの熱論の怒りも酔いも醒めやらぬ私は、思わず喰ってかかってしまったのですよ。別に彼が悪くないのは分かっているけどね、ちょっと悪酔いしていたからね、仕方ないよね？

「事実を述べたまでだ。たとえ男であっても危険なものは危険、女であれば尚更だと忠告している。まあ尤も、そんな物騒な場所は限られているが——ちなみにアンタ、今晩の寝床はどうするつもりなんだ？　こっちに泊まる当てはあるのか？」

「へえ？　そんなのあるわけないって〜、えへへ」

「当てもなしに来たってのか？　狐は用心深いと思っていたが、随分と大胆で無鉄砲で呑気《のんき》なものだ。仕方ない、何処か適当な宿を紹介してやるか」

「宿？　うん、行く行く、私、宿に泊まるね〜」

意識が徐々に薄れる、です。

よくよく考えてみればですよ？　表の京都の祇園町で土御門屋を探し始めたのは夜のことですよね？　それから裏京都へ来て、町を散策して、会合で飲み食いして、だから何？

そっか、つまりはこう、わたくし薫はピーンときました！
きっともう真夜中なんだわ、そうよ、そうに決まってる。だからこんなに眠いんだわ、
そりゃそうだ、良い子は夜更かしなんてしてはいけません。
私は酔いと疲労による眠気で、カクン、と肩から落ちて、両膝が地面についちゃって、
案内人さんが月をバックにボヤっと浮かんで見えて。
「おい、起きろ、こんな所で寝るな」
それからの記憶は、ほとんどないのでした。彼の背中におんぶされて街を歩いている
シーンが数枚だけ、断片的に頭に残っているような、いないような。
「仕方ない、あいつに頼むか」
途切れ途切れの意識の中で、そんな声が聞こえたのは覚えていますけど、もう限界なので寝ることにしました。

第三章　ショッピングモール・迷い家《が》

目覚めると、どういうわけだか、全裸でした。

一糸、纏《まと》わぬ姿で、いえ、正確にはショーツだけを纏《まと》って、綿のようにフワフワで、絹のようにツルツルとした紅白の布団の中に身を包んでいたのです。

暗い部屋に、明かりが灯っています。

薄紫色の絨毯《じゅうたん》が敷かれ、部屋の隅には桜が描かれた屏風と深紅の和傘が蕾を開いたまま、こちらに顔を向けていました。花柄の座布団の正面に大きな鏡があって、その傍には黒塗りの重箱のような化粧棚が置かれています。天井にＬＥＤと思われる照明があるのに、時代劇に出てくるような行燈《あんどん》がうっすらと。

純和風を匂わせる寝室なのに、私が身を預けている寝具は西洋のアンティークベッド。これは和洋折衷の精神かな。

「で、ここは何処？」

思わず、独り言を呟きました。体を起こそうとしますが、まるで全身に漬物石を乗せられてるかのように気怠く、頭がクラクラ、胃もゲエゲエ気持ち悪い。どうやら二日酔いみたい。

確か祇園町に行って、そこから猫を追い掛けて――

あれ、それからどうしたんだっけ？

あ、そうだ。裏京都に行ったんだ。そこで変な宴に参加させられて。

「うう〜ん」

私ではない、誰かの声が真横から飛び入り参加しました。しかもその誰かさんは、私の胸に手を乗せて赤子のように覆い被さろうとするではありませんか。体を重たくしていた犯人は二日酔いだけではなく、この御仁がピッタリとくっついていたのが真相。

下手人《げしゅにん》は妙に肌がスベスベしています。絹のように滑らかです。

ガバッと布団を捲り上げると、何とそこには、雪のような白い肌を露わにした高千穂が！

「えええええ⁉　どういうこと？　なんでアンタがいるの？」

私の大声で、高千穂は寝惚け眼《まなこ》を擦りながら起き上がりました。

「あ、起きたん？　なんや、朝からえらい元気やねぇ」

「どうしてアンタが私の布団の中に、それにどうしてお互い裸なのよ！」

「私の布団って、何言うてんの、ここは私の部屋やないの。アンタが昨日、泊まる所がないって泣きついてきたから部屋に泊めてあげたんやないの」

「あ、あれ？　そうだっけ？」

言われてみれば、そんな気が。でも、明瞭な記憶はカムバックせず。

「あれだけ裸で暴れておいて、何も覚えてへんの？　まさか昨日の熱い夜も忘れたんやないやろね？　夜通し二人で体を重ね合ったやないの。私にここまでしといて責任取らへんなんて、そんなん言わせへんよ」

なななな！

どどどど、どういうこと――!?


「だから飲み過ぎたらアカンよって言うたやないの」

リビングで、真っ赤なソファに座って毛布にくるまっている私。高千穂が温かい卵スープを持って来てくれました。

「わざわざハルさんがおぶって来たんよ、薫のこと」

「ハルさん？」

「陰陽師はんよ。みんな、そない呼んでるわ」

高千穂の話によると、私は例の案内人さんにここまで連れて来られたのだそう。すっかり酔払って全身がタコのように火照《ほて》っていた私は、部屋に入るなり「暑い、暑い」と言いながら服を脱いで、しばらく裸で『ドジョウすくい』を踊った挙句に、他人様のベッドに潜り込んで爆睡したらしく。

ああ、神様！

どうして本人の意思は希薄なのに、体は勝手に動いてしまうのでしょう！

これならばいっそのこと、ことの顛末《てんまつ》を知らない方が幸せでした。痴態《ちたい》の限りを忘却の彼方へと追いやったままにしてくだされば、恥じらいで煩悶《はんもん》せずに済むのですから。

「それで、どうしてアンタまで裸で寝てたの？」

「せっかくの機会やから。背徳感があるやないの、二人で裸で寝るのって。それに起きたら薫がビックリするかなって思って」

だ、そうです。ええ、ビックリしましたとも。女同士なのに一線を越えたのかと本気で焦りましたから。

気を取り直して温かいスープを飲みます。硬いフランスパンを、ちょんちょんと浸しながら。

ふと、持ち上げたパンの後ろの棚がぼやっと視界に入ってきました。古びた木製棚には不揃いの結晶ガラスの戸がついています。かなり古い代物でしょうか、素敵な雰囲気です。棚の上には同じく、大正か昭和初期と思わしき年代物の置き時計があって、真四角のオルゴール時計が麗《うら》らかな和音を奏でました。

十二時になった模様。

窓から外を見ると、真っ暗でした。そうか、十二時って夜中なのか、一日って終わるのが早いのね、なんて呑気《のんき》に考えていましたが、直ぐに自分の考えを打ち消します。深夜に寝たはずなのだから、起きたらまた夜なのはオカシイ。いくら寝坊助《ねぼすけ》の私でも二十四時間も眠りこけているはずがない。

「ねえ、どうして外は夜なの」

「今日は極夜《きょくや》やから。一日中、夜のまんま」

「それって白夜《びゃくや》じゃなくって？」

「白夜《びゃくや》は逆で、ずっと太陽さんが頑張りはる日。極夜《きょくや》は北極だか南極なんかで起こる珍しい現象らしいけど、裏町ではしょっちゅう。三日続けて夜が続く時もあるんやから植物さんも光合成できなくて、さぞかし嘆いていると思うわ」

「三日続けて夜は……私達にとっても辛いね」

人間一般のイメージでは、アヤカシは夜行性に分類されていると思います。大抵の狐や蛇も夜行性です。けれど、私は普通の人間と同じ生活習慣に染まっていますから（狐は適応力も高いのです）、朝に起きて昼寝して、夕方に起きて、夜にはまた寝ます。

そんな人間生活バリバリの私にとって、連続夜勤だなんて頭がオカシクなりそう。

でも、未体験だからちょっとワクワクもするかな。


少々遅めの朝食を終えて、街に繰り出しました。

高千穂の言う通り、外は昼でも月夜でした。

夜に寝て、昼間に起きて、でも外に出るとやっぱり夜で、時間の感覚がグルグルと狂い、クラクラと眩暈《めまい》で頭が回ります。

「どうしたん？　鳴門《なると》巻きみたいな顔して。大丈夫？」

高千穂が心配そうに私の顔を覗き込みました。

「平気……だと思う。楽しいっちゃ、楽しいんだけど、まだ二十四時間夜勤生活に慣れていないみたい」

「最初は私もそうやったわ、時差ボケみたいな感覚よね」

酔いの残留と昼夜変動の二重奏で、狐なのに、まるで狐に憑かれたような絶不調振り。私は懐から黒い丸薬を取り出しました。これは案内人さんが置いていった例の酔い醒ましです。丸薬をごっくんした途端、頭の中に玲瓏《れいろう》たる鈴音《すずね》が澄み渡り、忽《たちま》ち聡明なる自我が胸中に舞い戻ってきました。

同時に追加の三千円をチャリンと支払う音が木霊《こだま》します。

「ねえ、薫、せっかくやから一緒に買い物に行かへん？　洋物でもええんやけど、西洋出身の天使か悪魔かと勘違いされるから、狐は和服の方がええよ？」

高千穂の言うように、私はスカートの下から狐の尻尾を覗かせるというダサい恰好をしています。スカートからではなくお尻から尻尾が生えているので必然的にこうなりますが、変だな、という自覚はあって。だからトレンチコートを羽織って誤魔化してはいるものの、今日はちょっと暑い。

裏町で再就職するにも、アヤカシらしい和服をゲットした方が良さそう。それに、裏町でのショッピングなんて楽しそうだし。

そういうわけで、ショッピングモールへ向かうことに。

裏京都随一の商業施設が鴨川を渡った京都駅方面にあるそうで、高千穂が住んでいるのは祇園四条近辺だから、徒歩はさすがに辛く、ここはバスやらタクシーやらに頼りたいところ。

「風神さんの路面電車なんやけどね、結構快適な速さなんよ。この辺が駅やから、待ってたら直《じき》に来はるわ」

路面電車があるそうです。足元を見てみると、道路に白い文字で『停留所』と書かれています。線路のようなレールは……見当たりません。代わりに白線が引かれていますが、所々が消えています。線路がないのに、どうやって進むの？　まさか転がってくる？

期待と少々の不安を抱きながら待っていると、

――どわっはっは！

豪快な声が聞こえてきました。道の真ん中に遥か彼方から、びゅうっと、突風が吹き荒れて、私は後ろに吹き飛ばされそうになりました。

「来たわ、もうちょい下がり」

高千穂が私を手で後ろに押しやります。右から左へと風の筋が流れて、先程まで自由に行き交っていた通行人達は慣れた様子で横に避けています。真っ直ぐな花道が出来上がると、威風堂々、風神電車とやらの参上です。

一両編成で、オーソドックスな四角形の上半分はクリーム色、下半分は深緑。どこか懐かしい色合いの車両です。ていうか、見たことがあって、乗ったこともあるような。

あ、分かった。

表京都で四条大宮《しじょうおおみや》から嵐山《あらしやま》まで連れて行ってくれる、通称、『嵐電《らんでん》』に外観がソックリ。違いは、というより、ほとんどそれが印象の全てを攫うのですが――

裏町では、車両の前面に大きな『風神様』の顔があること。

風神様が息を吐くと、真っ直ぐにピュウと強風が突き抜けるのです。突風で往来の人を横にずらしていますが、それでも避けない頑固者には、車両から突き出た両手でポイポイと投げ飛ばすという荒技を披露。風神様のオデコに注目すると、三〇三と番号が書いてありました。

「これって嵐電なんだよね？」

「裏町のね。表より範囲が広くて、西側が雷神さんで、東が風神さん」

「料金はどうするの？」

「表の電車用ＩＣカードと同じのが使えるんよ。チャージしてへんかったら、現金払い」

「げ、チャージしてなかった気がする。先に言っといてよ。小銭あったかなぁ」

バッグから財布をまさぐります。

「無賃乗車っていう、荒業もあるけどね」

「怒られるでしょ」

「怒られるというか、飛ばされるんよ、テキトーな場所に。ちなみに雷神さんやったら、雷を落とされるわ」

「そんなの即死でしょ」

「加減してくれるらしいよ」

「ま、辞退させていただきます」

車両前方の扉から乗り込んで、ジャラジャラと両替しました。

それからキョロキョロと車内を見渡すと、内装もそっくりで、前方と後方の扉を繋ぐロングシートが両脇に設置されていました。通路にテーブルがあるのが表との相違点。乗客は向かい合うように座って、テーブルを挟んで談笑しているけれど……電車の通路にテーブルなんて、かなり邪魔だと思う。でも、誰も気にしていないらしく、晴雲秋月と言わんばかりに澄ました顔でお酒を飲んでいました。

ちなみに車掌さんはいません。そもそも、運転する場所がない。風神さんが操っているのかな。

後方の席が空いていたので、他人の談笑を体で遮りながら、高千穂と向かい合って座りました。

するとテーブルから、お茶が勝手に出てきて、

——熱いから注意してね。


なんて、しゃべる湯飲《ゆの》みに言われました。無料サービスらしく、遠くにまで行く時は特急列車のようにお弁当を注文して食べたりする客もいるのだそう。

緑茶を飲みながら、開いた窓から外に首をひょっこり出すと、往来をびゅんびゅんと突き抜けて、やがては東大路通《ひがしおおじどおり》に躍り出ました。風がとっても気持ちいい。

「人通りの多い場所でも平気で通るから、見ていて飽きへんでしょ？　表でこんな人混みの中を電車が通ったら大問題になるけど」

「ほんと、清々《すがすが》しいっていうか、ちょっと快感。ずっとこれに乗っていたい」

「もう直ぐ降りるよ。ほら、そろそろ着くわ」

「ええ、乗ったばかりなのに……そういえば停留所って書いてあったから、なんとなく路面電車というより仕組みがバスっぽいけど、これって駅ごとに停まってくれる？」

「停まらへんよ、誰もおらんかったらスルーしはるわ」

「じゃあボタンを押さなきゃ」

停車ボタンを探します。「次、停まります」とアナウンスが流れる仕組みのアレです。子供の頃って（というより今も）、あのボタンを押したい衝動に駆られるものです。誰かに先に押されたら負け、みたいな謎の勝負。

風神電車ではどのようなアナウンスが流れるのでしょうか。「黄泉《よみ》の国へ迷わぬようにお降りください」なんて言うのかな。私はボタンを押してやろうと、意気揚々と右腕の袖を捲りましたが――

あら、ボタンが何処にも見当たらない。

「ボタンがないけど、降りたい時はどうするの？」

「勝手に飛び降りるんよ、窓から」

「この速度で飛び降りる？　冗談でしょ」

唖然とする私。慣性力はどうなっているのか、ここから飛び降りようものなら、極めて、確実に、百発百中で、障害物に衝突するのに決まっています。裏町で科学的な考証を論じても無駄だと分かってはいますが、とても正気の沙汰とは思えません。

「降りる時は進行方向と逆側に風が吹いて、体を持ち上げてくれるから平気なんよ。そもそも京都駅行きなんやから安心して」

あ、目的地が終点なのね。つまりは必ず停まるわけで。

「それも先に言ってよ」


「うわぁ、すっごいチグハグ。でも素敵！」

裏京都駅を一望して、漏らした感嘆。

駅とモールが合体した裏京都最大の商業施設。私が二十数年来の人生において観覧した中で、最も摩訶不思議な代物でした。

ブロックを横と縦に積んで、所々を歯抜けにしたような形をしています。

建物と建物が立体的にくっついていますが、文化の色彩が交通渋滞。江戸屋敷やら、明治の洋館やら、鉄筋コンクリートやガラスの近代的ビルなど、コンセプトがてんでバラバラ。三次元的と言いますか、幾つかは浮いているようにも見えます。

おそらくは、理想的な設計理論とは真反対に位置する建築物。文化的価値を秘めたオブジェであることに疑いの余地はありませんが、果たして耐震基準は満たしているのかな。

さて、中に入ろうと意気込んだものの、ドアがあまりにも多過ぎて正面入口が何処《いずこ》か判然としません。適当に選べば従業員専用入口かもしれないし、倉庫かもしれないし、はたまた、男性更衣室に突撃するかもしれませんし。

なんて戸惑っていると、高千穂に腕を引っ張られて、大きく開いたガマの口の中に這入《はい》ることに。

「え〜と、女もんの服は何処やろか？」

巨大なアヤカシの胃にでも繋がっているのかと思いきや、屋内はごくごく一般的なショッピングモールでした。高千穂がエントランスの壁に設置されている電子地図を凝視しています。

「よく来るのに覚えてないの？」

「変わるんよ、毎回」

「毎回って……そんなに工事ばかり？」

「工事ちゃうんよ、自発的に動きはるんやから。ほら、言ってる傍から、今、二階になったわ」

震動は一切、感知できませんでしたが、言われてみれば磁場が若干動いたような気はします。このように鋭敏な知覚が人間生活で発動したことはありませんでしたが、もしかすると、裏京都に来てから狐の本能が目覚めたのかも。

ガマの口から外界を眺めてみると、先程までは外と繋がっていたはずなのに、今は別のフロアに連結されているらしく――

紳士服が遠くまでズラッと整列していました。

つまり私達のいるフロアが上に移動した、ということです。

「……こういうアトラクション？」

「ここは遊園地やないんよ、ショッピングモールなんやから」

「じゃあどうしてフロアが客の意思を無視して移動しちゃうのよ」

「生き物みたいなもんやから。ほら、迷い家ってあるやん？　本家は遠野《とおの》の伝承らしいけど、コレも似たような感じなんちゃうの。建物が意思を持ってるから、好き勝手にしはるねん」

「ふ……不便過ぎない？」

いいえ、楽しいとは思いますよ、迷路みたいだし。

とはいえ、顧客の目的は遊覧ではなく買い物です。お客さんからの不平不満が豪雨のように降り注ぎはしないのか。毎度毎度、訪れる度に、いえ、同日中にさえも屋内構造が変動するショッピングモールなんて、エンドユーザーのニーズに反していると思うのです。

「だから、こうして最新の地図を見てるやないの——あ、着物売り場は十六階の中庭の方にあるみたいやわ。あそこは紅葉が綺麗やから、和服を選ぶにはピッタリの場所やね。青坊主橋《あおぼうずばし》を渡って、赤入道川《あかにゅうどうがわ》を越えた先。ちょっと山道になるけど、別にええよね？」

「それって、外の話をしてる？」

「何言うてんの、ここはショッピングモールやって、さっきから何回も言うてるやないの」

「ご、ごめん」

これも屋内の話のようです。とりあえず謝っておきましたが、私が悪いんですかね？

紅葉がとても綺麗でした。

群馬の伊香保《いかほ》温泉の河鹿橋《かじか》を思い出します。上に張り出した朱塗りの太鼓橋にもたれかかるように、黄色や緑の入り混ざったカエデの紅葉がライトアップされています。橋の遥か下には渓流がチョロチョロ、溜まりには紅白の鯉がユラユラと泳ぎ、可愛い鯉の顔を拝もうと橋から身を乗り出してみたら、どうやら人面魚だったらしく、厳つい面相に仰天しました。

夜風《よかぜ》に私の金色の髪がサラサラと。

しばし自然の懐に抱かれていましたが、何度も言いますが、ここはあくまでショッピングモールの屋内。つまり自然ではなく人工物なのかもしれないと定義が曖昧《あいまい》になり、昔に観た映画の、『田舎の景色を作ったのは人間で、自然の恩恵を受けようとした人間と自然の共同作業』といった名言を思い出しました。

私は益々、和服が欲しくなります。

先人の知恵と大自然の融合の象徴たる紅葉に架かる橋、そこを渡る和服の美人狐なんて、切手の絵柄に採用されて然るべきでは？

なんて自惚れながら横を見れば、当代随一の美女がそこに。

幼馴染《おさななじみ》で今更だけど、高千穂は同い年なのに私と違って臈長《ろうた》けた魅力を有すると言いますか、彼女の妖艶《ようえん》な美貌の前では世界的モデルも霞んでしまうと思われ、だから私よりも高千穂の方が絵になるわけで。

狐の美人切手のモデルスカウトの妄想が、早速、打ち砕かれました。二人が並んで歩いていたらオファーは百回中、百回の確率で高千穂へと殺到するでしょうし。

「いつ来ても、ええ所やわぁ。ほら、あっちの山道沿いに着物屋さんが並んでるわ。きっと今日はセールやりはるよ」

高千穂の指差す先で、店員さんが『紅葉セール』という旗を店頭に掲げていました。

「紅葉セールですよ～、お店が青坊主橋と繋がっている今だけお安くしま～す。最大で全品五十％オフとさせていただきま～す」

タイムセールの開催です。紅葉の中庭に繋がったことを利用しての商魂でしょう。気まぐれ迷い家の恩恵、ちょっと嬉しい。

「五十％オフやて！　ああん、そない言われたら、私も買うしかなくなるやないの。ほら、ぐずぐずしてんと早よ行くよ」

山道を挟んで向こう側は、土道からフローリングになっています。和を取り扱うフロアのようで、丈の短い若者向けの着物屋から、高そうな絹の反物《たんもの》を取り扱っている呉服屋など様々な店が並んでいます。

赤、白、青、水色、若紫色、薄藤色《うすふじ》、濃《こ》き色、浅葱色《あさぎ》など、彩色豊かな階調が目白押しです。

「着物って一概に言ってもいろいろあるね」

花火柄やら牡丹《ぼたん》の生地を表裏《おもてうら》に返しながら物色する私。

「どの柄《がら》にしようか悩むけど、まず何色を選べばいいかなぁ」

「狐は赤ちゃう、やっぱ」

偏見の押し付けでした。

「ベタじゃない？　赤い着物の狐なんて町中に沢山いそう——ねえ、これはどうかな？　金茶色《きんちゃ》だって。夜街で映えそう」

明るい色の生地を広げて、高千穂に見せてみると、

「金髪に金茶の服を着てどないするんよ、色が重なり過ぎやわ。それに狐には赤が似合うからこそ普遍化されてるんやないの。黄色の尻尾に赤が映えるんよ、白やったら狐の嫁入りでもしはるんか思われるし、青にしたら全体的に色合いが薄なると思うけど？」

苦情の嵐に巻き込まれます。

「そうかぁ。でも、もうちょっと他と変化が欲しいっていうか。『千羊《せんよう》の皮は一狐《いっこ》の腋《えき》に如《し》かず』って言うじゃない」

「それ、用途あってる？　意味を履き違えてる気がするわ。一概に赤や言うたかて、いろいろ種類があるんよ？　濃い赤やったら赤紅《あかべに》や紅唐《べにとう》やし、薄いのやったら洗朱《あらいしゅ》とか浅緋《あさあけ》……あ、これええやないの、最近また流行ってる今様色《いまよう》やわ」

高千穂が差し出したのは、淡い紅の大振袖《おおふりそで》。今様色《いまよう》は平安時代の流行色だったそうで、『今、はやりの色』が語源だそうです。素敵だと思いはするものの、大振袖《おおふりそで》はその名の通り、袖が地面に擦れそうなくらいに長くて、結婚式や成人式など祝いの席で着るような華やかな物。和服初心者の私が着こなすのには、まだ早いかも。

「今様色《いまよう》は紅梅《こうばい》の濃《こ》きを云《い》なり、って言うてね、稲荷だけに薫にピッタリやないの」

「駄洒落《だじゃれ》かい。ってか、こんな袖を引きずるような私には無理だってば。アンタみたいに普段から打掛《うちかけ》を着慣れているわけでもないのに」

「じゃあ小紋《こもん》は？」

小紋《こもん》は振袖よりもカジュアルです。街着に丁度良いけど、あまり王道なのは個性がなく。

「う〜ん、もうちょっと変化が欲しい――あ、これ可愛い！　私、これがいいな」

ここに取り出しましたるは、小振袖《こふりそで》。袴と合わせせられるのが特徴で、大学の卒業式でよく採用されます。

「それでブーツにしたら大正時代のハイカラさんみたいやね。確かに袴は薫のイメージ通りやわ、お転婆やし」

「一言余計！　あ、残念、この袴には後ろに穴がない。尻尾が出てるから裏に切れ込みがあるやつじゃないとダメなんだよね。いいなぁ、高千穂は尻尾がなくて」

「ええやないの、むしろ尻尾があって羨ましいって思ってるんやから。犬も猫も狐も、みんなフサフサして可愛いって、男性にモテるんよ？」

「そういうもの？」

モテると聞いたら話は別。当分、恋にはウンザリしているけれど、好かれて悪い気はしないので。

しばらく、あーでもない、こーでもないと五里霧中の着物選びを満喫した私達。丹念に二時間程吟味して、着物の買い付けを女子風に済ませました。

私は例の今様《いまよう》色を地にした菊と牡丹《ぼたん》をあしらった小振袖《こふりそで》。紫の半巾帯《はんはば》に、紫から紺のぼかし袴。せっかくだからと、その場で和服に着替えました。

高千穂は「黒はぎょうさん持ってるんやけど」と言いつつ、結局は黒引き振袖を選んでいました。

着物遊泳をご満悦した後は、和雑貨の探索へと繰り出しましたが、何度も何度も試着している内にお腹が冷えたのか、ここでちょっとトイレに行きたくなって、

「お手洗い行ってくる。この店で待ってて」

手を振りながら雑貨店から走り去りました。

「あ、薫、ちょい待ち！」

竹久夢二《たけひさゆめじ》の美人画のハンカチを手に持ったまま、高千穂が呼び止めます。

「別のフロアに行ったらアカンよ。一旦はぐれたら、容易に会えんくなるよ！」

今にして思えば、高千穂はこう叫んでいたのだと思います。私は急いでいたものですから、微かに耳にした程度で。

彼女の注意喚起を不採用にした代償を思い知るのは、お手洗いから出た後。

手拭いを濡れた掌にあてがいながら先程の店へと戻ると、眼前に、『子泣き爺《じじい》』と『砂かけ婆《ばばあ》』によるワインの試飲会が和気あいあいと。トイレに入る前は、確かにこの一帯は和服と和小物のフロアだったはず。

入った時と全く違う光景を前にして、私はしばし、その場で呆けてしまいました。

巨大迷路アトラクションへの挑戦となりました。

しかも、リアルタイムに構造が変動するサービス付き。

高千穂とはぐれてしまった私は狼狽と困惑を耳と尻尾で表現し、すぐさまスマホでコンタクトを試みました。幸いなことに、表のスマホはこちらでも使えるらしく（人間とアヤカシのどちらが裏京都にアンテナを設置しているんでしょうね）、高千穂と電話でやり取りします。

「今、何処？　トイレから帰ってきたら場所が変わったみたい」

「だから建物が動くって言うたやないの」

「忘れてたんだって。で、何処なの？　さっきの店にいる？」

「店からは出てへんけど、何処に動いたかは地図見いひんと分からへんわ。あ、スマホのマップでも大雑把に位置分かるから、アプリ開いて」

「アプリの地図で分かるかな？」

「ええから開いてって」

急かされるままに、セカセカとスマホの地図を確認します。裏京都駅に青い点滅が。親指と人差し指を開いて地図を拡大すると、当迷路が東西に長く伸びていて、私は屋内の東端にいるようでした。

「何処におる？」

「建物の東側みたい」

「ええ……真逆やないの、私は西側やわ。ここ大きいからね、そうなると結構離れてるわ」

「どうする？」

「とりあえず真ん中を目指して」

「適当に？」

「適当でええよ、無駄かもしれへんけど」

ひたすら西へ突き進みました。が、無駄の意味を直ぐに実感。

「真ん中に来たよ」

「私も真ん中にいるわ。どの辺？　ていうか薫の後ろ、うるさない？」

「一本ダタラと一寸法師が漫才やってるから、それで騒がしい」

「ああ、それコンビの、『ひとふた』やわ」

「ひとふた？」

「コンビ名やよ。ツッコミの一寸法師が小さくて見えへんでしょ？　だから一本ダタラが一人でノリツッコミしているように見えるから、一人二役みたいってこと」

「なるほど、そういう意味ね。結構人気あるみたいで、女の子ばっかり集まってるよ」

「ていうか、私の近くで漫才なんかやってへんよ？　こっちは老人さんばかりが集まってワイン飲んでるみたいやけど」

「本当？　さっき私が遭遇したワインの試飲会かも」

「薫は本当に中央におるんよね？」

「そのはず。アプリ見ながら来たもん」

「今は場所が動いてへん？」

「そんなことって……あ！」

しっかり動いていました。

私が、じゃなくて、私のいるフロア全体が南西に飛ばされたようです。ヘンテコな神様に行きたい方向と全然違う真反対の方角に飛ばされる、非情なゲームを思い出します。

「南西に飛ばされた」

「そんなことやろうと思ったわ。薫の熱を近くで探知できへんかったもん」

「私の熱を探知？」

「蛇やから熱探知できるんよ、って忘れたの？」

「ああ、そんな特殊能力あったね。私の熱って他とそんなに違う？」

「若干やけどね。一晩抱き合ってたから、まだ記憶が鮮明なんよ」

「止めてよ、思い出させないで、恥ずかしい」

「そう言う薫の方こそ、磁場を知覚できるんやなかったん？」

「人間生活で鈍った」

「使えへんねぇ」

「どうせ私は使えませんよ。それに磁場が分かったところで建物ごと動かされたら成す術ないでしょ。そんなことよりさ、二人ともが動くからダメなんじゃない？　集合する店を決めて、そこを目指そうよ」

「そうやね。それやったらいつか会えるわ」

「何処にする？」

「お腹減ってきたからフードコートにしよか」

「フードコート……ちょっと待って」

近くにある施設マップを見ます。アナログ方式で紙に描かれた地図なのに、最新鋭のデジタルらしく、リアルタイムで描写される旧世代でいて新世代の優れもの。

「ジャンルでエリアが分かれてるよ。和、洋、中、植物、器物、幽霊……って後半が意味不明」

「同じアヤカシとはいえ食べる物が違うからやよ。下駄のお化けやったら食事は紐とか木くずやし、幽霊やったら大抵は触ろうとしてもスカスカ突き抜けるから、きっとウチらには見えへん何かを食べてはるんよ。私らは人間寄りやから和食でええよね？　せっかくの着物やし」

「そうだね。じゃあ和食エリアに向かうね」

「はいな」

目的地が私達から逃げ回りはしますが、いつかは必ず追いつくはず。これでやっと平穏が帰参しそうで、まだ一難くらいはありそうなものの、まあ、決着は時間の問題かと。

和食のフロアを地図で確認し、案外近くにあることを知って安堵しました。十分とかからずに着きそうです。

なんて、油断していたら。

ブロックが動くことの弊害は、想像を絶しておりまして。

逃げるのは目的地だけじゃないんです。

目的地に繋がる中途に通らなければならないフロアも移動するわけで、踏み入れた場所がスウッと北の端に動こうものなら、そこから地図をもう一度確認して、改めて南に行かなければならないと進路を定め、また一歩踏み出すと、何となく磁場の変動を感じて、気になって地図を見たら、今度は真東に追いやられていて。

「まだなん？」

「まだ……心が折れかけてる。高千穂はもう着いたの？」

「とっくに着いたわよ。先に注文して食べとくよ」

彼女の至極の美が僥倖《ぎょうこう》を手繰り寄せるのか、それとも蛇は地殻変動にも適応できるのか、真相は分かりませんが、高千穂は苦戦の軌跡を描いた様子もなく淡々と言ってのけました。

かくいう私は、縦横無尽《じゅうおうむじん》に遷移《せんい》する手前勝手な立体パズルの中を彷徨っていると、これではヘンゼルとグレーテルのパンも役に立つまいと確信し、人間の造る無駄を省いた様式美に懐かしさを覚えました。

気が付けば、小振袖《こふりそで》と揃えて買った草履《ぞうり》の鼻緒《はなお》が切れています。

堪忍袋の緒のように、プッツリと切れてしまった紅色の紐を見て、途方のない疲労が怒りへと変わりました。安物を売りつけられた理不尽さよりも、鼻緒《はなお》が切れるような雑な歩き方をしていた自分を呪い、それを私に強要した迷宮に、果ては、これを建てた責任者に対しての憤怒《ふんぬ》の炎が燃え上がります。

——関係者室（一般の方はご遠慮ください）

このような扉が目の前に現れたのは、もはや天啓。

文句の一つや五つを叫び倒してやらねば気が済みません！

「たのもー！」

　重厚な赤土色の扉を押し倒すように開いて部屋に侵入するなり、そう叫んでやりました。鍵が掛かってはいませんでしたので、間違えたと言い張れば、不法侵入罪も適用されないでしょう。

　関係者室は大規模迷宮に比べると、いやにスケールの小さいものでした。最低限のオフィス家具しかなく、内装も机も椅子も簡素な物で、壁一面に隙間なく詰められた本棚を除いては殺風景な部屋。

「おや、あなたは？」

　奥に座って読書中の男性が、本の上から視線をこちらに向けます。

「昨晩の狐さんでは？」

　聞いたことのある声に、整った目鼻に尖った眉毛。私の金色と対を成すかのように銀色に輝くサラサラの髪。

　昨晩に蛙男さんに勧誘されて参加した、『アマモリ』の銀髪さんでした。

「あ、間違えました、ごめんなさい」

　一度は退散。知り合い、という程には見知り合っていませんが、顔を知っている方に眉を逆八の字に曲げた仁王面《づら》を見せるのは大変恥ずかしく。

どうしよう。

迷います。

が、区別は良くないと考え直しました。イケメンさんなら苦情を申し立てないという不純な正義感はクレーマーの面汚しでしょう。うん？　私ってクレーマーになっちゃう？

いいえ、これ以上、迷子を増やさないための被害者の会の代表なのです！　誰かが汚れ役を引き受けねば、食虫植物が虫を喰らうが如き迷路の闇が一向に改善されません。

「再び、たのもー！」

「はい、何でしょう、狐さん」

彼は少し笑っているようでした。嫌味な笑いではなく、爽やかに、クスクスと。イケメンさんのフローラルな香りが部屋に充満して、甘い匂いが鼻をツンツンと突きます。

「狐さんと、このような迷い家で再会するとは、奇運なのでしょうかね。そう言えば名前をお伺いしていませんでした。私は真神《まがみ》、大口《おおくち》の真神といいます」

「え？　あ、私は薫、玉藻薫です」

真神さんが少年のように無邪気に笑うものだから、つい、正直に答えてしまいました。いけない、いけない、相手のペースに乗せられては未来の迷子を守れない。さっきまでの不平不満を取り戻しなさいよ、薫。

「真神さんは、ここの責任者なんですか？」

　キリッと顔を整えて、仕切り直しです。

「ええ、私が経営しています」

「では、ちょっと言いたいことがあります！」

　勢いを失うまいと、プッツリ切れた草履《ぞうり》の鼻緒《はなお》を見ることで初心に返ることに成功し、彼の目の前の机にドンッと両手を突きました。

「あなたが造ったこの迷路のおかげで、私は友達とはぐれて、買ったばかりの草履《ぞうり》の紐が切れて、それでもまだ再会できないんです！　ここはいったいどうなっているんですか！」

「おや、それは申し訳ないことを――」

　彼はスッと立ち上がりました。どういうわけだか、私の直ぐ正面にまでやって来ます。

「草履《ぞうり》は残念でしたが、ここは迷い家です。迷い家は由緒正しいアヤカシなのでして、それをご存知で来訪されたのではないですか？」

「そ、そうですけど」

　ちょっと顔が近い。

「迷い家とはいえ、限度ってありません？　皆さん買い物をしたいのに、これでは目的地に辿り着けないじゃないですか」

「それでも薫さんは、目的の着物は買えたのでしょう？」

「そうですが、どうして知っているのですか？」

「匂いです、まだ新しい」

　彼は私の着物をちょっと嗅いで、それから首を少し傾けてニコッと微笑みます。会社の太った上司にされた時は嫌悪感でペンギンのようにブルブルと身震いしましたが、この方の場合は、思わずドキッとさせられて。

　これって差別なのでしょうか。だって、彼は下心を感じさせないと言いますか、自然とやってのけるんです。嫌らしさがないのです。

「買い物だけを目当てにされるお客さんは、最初から一般的な商業施設に行かれますからね。ここを訪れる方は冒険心と言いますか、今はなき香港の九龍城砦《きゅうりゅうじょうさい》に潜入した時のようなスリリングな心地を味わいたいのですよ」

「そ、そうかもしれませんが」

　頬が赤い気がするので、気付かれまいと目を逸らします。

「せめて迷った時のために、インフォメーションセンターくらいあってもいいんじゃないですか？」

「設置はしたのですよ、かつては。結局は無駄になりました。案内しようにも場所がコロコロ変わりますし、そもそもインフォメーションセンターそのものが動きますから」

「でも子供達は？　こんな怖い場所、小さい子は泣いてしまうと思います」

「そうですか？　むしろ子供の方が大人より楽しんでいらっしゃるようですが」

彼にとってはタイミング良く、私にとっては絶妙な間の悪さで、「待てよー！」「鬼ごっこだ！」「次は隠れんぼしよう！」なんて、はしゃぐ声が扉の向こうから聞こえてきました。

「た、楽しいのは今だけですよ！　もし迷子になって、出られなくなったら泣いてしまうに決まってます！」

「そんなことにはなりませんから、安心してください」

「どうして言い切れるんですか！」

「迷いはしますよ、迷い家ですから。とはいえ、最終的に出られないことはありません。いくら子供だとしても出口に辿り着けない、なんて起こり得ないのです」

「少なくとも私が迷ってるんです！　高千穂に会えなくて、きっとこのままだと出口にも辿り着けないのに……子供達だってそうなるに決まっているじゃないですか。経営者のあなたが、そんな悠長だから、永遠に迷宮に閉じ込められる人達がいても気が付いていないだけなんじゃないですか？」

言い負かされまいと、背伸びをして、鼻を近付けて対抗します。

真神さんは黙っていました。

私をじっと、見つめるのです。

「心配いりませんよ」

彼は常に、私とは対照的に穏やかな口調です。まるで綿《わた》で全身を包むかのように、優しく、丁寧に。脳をくすぐられているような心地を味わい、私の持ち前の覇気はのらりくらりと躱《かわ》されて、自分が何に対して怒っていたのかを忘れさせられそうになって。

「迷い家は目的がなければ迷いませんから。つまり薫さんが、もう出たい、と思えばいつでも外に出られるのです。おそらく今はここで高千穂さんに会いたいと思っているから、出口に誘導されないのです。高千穂さんと合流するのに一番早い方法は、お互いが外に出ることなのですから」

「そ……そうだったんですか……知りませんでした」

これは私の負けなのでしょうか。でも迷子になる危険性を秘めてはいるわけで、だから安全基準は酷く曖昧《あいまい》なわけで、でも九龍城砦とやらもきっと同じで、みんなはそれを楽しんでいるわけで。

「では、私が高千穂さんの所へ案内しますよ、ちょうど暇でしたから」

「勝手に移動するのに、案内なんて可能なんですか？」

「移動に法則はありませんが、癖、はあります。長年ここを利用していると、勘が呼応するのです。私は鼻が利きますから、場所が変わっても高千穂さんの居場所は手に取るように分かりますし」

「な、なるほど」

苦情を申し立てていたのに、論破された挙句に直接案内までしてもらうことになって、とても悪い気がしてきました。すっかり委縮してしまった私は、小さく背を丸めて、銀髪さんの後ろを大人しく付いて行きます。

彼の言う通り、十分とかからず高千穂と再会できてしまいました。

ウロウロ動き回って探すのかと思えば、銀髪さんはベンチに座って待ち受けるだけ。フードコードが移動してくる先を予想できるから、アッチから来るのを待つのだそう。

果報は寝て待て、急がば回れ。

蒔《ま》かぬ種は生えぬと切磋琢磨していた私ですが、種の蒔《ま》き方に問題があったらしく。私の切れた鼻緒《はなお》が、非効率な徒労の末の犠牲になったのだと主張している気がしました。

「やっと来たん。もう二杯目食べてるわ」

高千穂は、座敷に座って呑気《のんき》にキツネうどんを食べていました。

「ほら、薫の好きなのもあるよ。ここのは美味しいんやから」

「あ、稲荷寿司《いなりずし》！」

私は目の前の重箱の中に並べられた黄金色の稲荷寿司《いなりずし》を見るなり、飛びつきました。

「やっぱり裏町でも稲荷は三角形よね。具は……そう、五目に紅ショウガ！　油を抜いた揚げに薄く味を付けて、中身は濃いめの味付けにして。艶々の揚げを噛んだ時にジュワッと滲み出るダシ汁、それと椎茸やゴボウが絡み合って……ああん、もう幸せ～！やっぱり稲荷寿司《いなりずし》はこうでなくっちゃ、高千穂もそう思わない？」

「そらここも京都やし、三角稲荷は、狐はんを祀ってるからねぇ。それにしても相変わらずのガッツキ様《よう》やね。見ているこっちまで楽しくなるけど、頬に酢飯が仰山ついてるわよ」

「ほえ？」

真神さんと目が合います。

稲荷寿司《いなりずし》の幸福で私の耳はピコピコ、頬はハムスターのように二、三個いっぺんに頬張った稲荷寿司《いなりずし》でぷっくり。急に恥ずかしくなって、次なる稲荷に伸ばした手を咄嗟に引っ込めます。

「元気な方ですね」

また真神さんに笑われるのでした。

第四章　金と銀と、赤と木枯らし

裏京都で予期せぬデートとなりました。

私の与《あずか》り知らぬうちに、奇怪な運命の歯車が回り始めたのです。例の銀狼の真神さんに、二人っきりの食事に誘われてしまって。

真神さんは、例の夜会から私を気にかけていたらしいのですが、跳ねっ返り娘の酒乱を見せられては普通は嫌がりそうなもの。それなのに私に好印象を抱いたばかりか、迷い家での苦情騒ぎで益々、関心を持たれたらしく。

「本当に薫さんは興味深い人です。あの堅物で偏屈として有名な唐変木さん相手に一歩も引かなかったのですから。芯の強い女性なのでしょうが、そうかと思えば時折、空回りされる危なっかしさもあって」

いつもの調子でクスクスと微笑されています。「人間とアヤカシについて語り合いたい」と自然な口調で誘われましたが、もしかして珍獣扱いされてる？

私と真神さんは洋館の個室で、向かい合わせで座っていました。

ここは『サロン・鸞《らん》』というお店です。

鳳凰《ほうおう》が歳を経ると鸞になるそうで、悠久の歳月を重ねた鸞のように円熟した気品のある部屋。赤い絨毯《じゅうたん》と相性の良い栗皮色のテーブルとイス、天井の丸い西洋ランプが菜の花色に部屋を染めています。いくつもの長方形の窓から差し込む光が、ほの暗い部屋を晴れやかに照らしているのです。

かつては迎賓館《げいひんかん》として使われていたのですって。こんなにも落ち着いた雰囲気の部屋に、たった二人だけ。街の喧騒《けんそう》が蒸発したかのように静か。

「素敵なところですね」

そんな言葉が出てしまいます。

「大正時代の社交場でしてね。今は喫茶店になっていますが、和洋折衷《わようせっちゅう》が随所に見られます。あちらの壁の絵が見えますか？」

真神さんに促されて、背もたれを軸に振り返ります。後ろの壁を改めて注視すると、木造の壁に花柄の陶器が埋め込まれていました。

「七宝《しっぽう》焼きと言いまして、花鳥風月を描いた代物で、絵画と見紛う程の素晴らしさです。明治時代に焼かれたらしく、まさに西洋の文化を見事に取り入れた作品と言えるでしょう」

アマモリの会合主だけあって博識な方です。芸術を愛でる彼の瞳は、まるで工芸品のようにキラキラと輝いています。あまりにも彼の瞳が美しいので、私はただ黙って、じっと見つめていました。

七宝焼《しっぽう》きから目線を移した彼と、目が合います。

「薫さんの金色の髪は、とても綺麗ですね」

春風《はるかぜ》のように微笑むのです。

小さな鼓動と共に気恥ずかしさを覚えた私は、照れを誤魔化そうと、目の前のティーカップの取っ手を摘《つま》みました。白地にピンクのバラが描かれた金縁のカップの中で、薄いサファイア色の水面《みなも》が揺らめいています。

見たことのない青色の紅茶に口をつけると、一瞬だけ、湖畔《こはん》に浮かぶ白いボートが見えた気がしました。

私、酔っているのかな？

いいえ、湖のボートのことではなくて、なんだか体が火照《ほて》っているかのように熱くて。

「ど、どうして――」

黙ったまま見つめ合っていては逆上《のぼ》せてしまいそうですので、正気を取り戻そうと、私から話を切り出しました。

「どうして私を誘ったのですか？　人間社会を知っているアヤカシは、そんなに珍しいのでしょうか」

「珍しくはないですよ。薫さんは珍しいですけど」

やっぱり私は珍獣なのかなと、ちょっと気落ちします。

「表現が良くなかったですか。もう少し詳しく説明しますと、大抵のアヤカシは人間社会で長く暮らしていると、人間側の思考に寄ってしまいがちです。それなのに、薫さんはアヤカシと人間の、両方の性質を楽しんでおられるように見受けられます」

彼もカップに手をつけました。紅茶ではなく、バラの香りがするコーヒーを。

「アヤカシが人間側の思考へと傾倒するのは仕方ありません。表社会のアヤカシ達は自我を自制せねばなりませんから。例えば、薫さんは表では狐として活動していましたか？」

「いいえ……人間の女性として振る舞っていました。母からも、そう教えられたものですから。私が狐であると知っていたのは、同じアヤカシの友達だけです」

「そうでしょう。薫さんが参加した時に招いていた、新社会人のアヤカシ達も同様でした。かつてのアヤカシ達が人との共存を選んだまでは良かったのですが、誇りまで失ってしまったのは先人の、延《ひ》いては我々の愚策であると断罪せざるを得ません」

「つまり真神さんは、かつてのアヤカシの威厳を取り戻すべきだとおっしゃるのですか？」

「いえ、そう極端でもないのです。私は人とアヤカシが共存することには賛成です。古来のアヤカシ達は、不可思議で非科学的な現象を巻き起こして、人々を恐怖の底へ叩き落とそうとしてきました。愉快犯のような嫌がらせを繰り返すことこそが、アヤカシの存在意義だと誤認された歴史があります。これは過ちであると我々に教えてくれたのが、他ならぬ人間なのでして。他者を脅かさずとも平穏に暮らしていけるのだと悟ったわけです。思潮の高尚化の恩恵により、今を生きるアヤカシは人に仇《あだ》を成さねばアイデンティティーを確立できない、人を脅かしたい、などと考えもしなくなりました」

「確かにそうですね。むしろ、そのようなアヤカシは私も嫌悪しますから」

「人もアヤカシも、文明は常に進化するものです。過去の過ちを是正して、より良き未来へと突き進むのが生物の、生命たる所以《ゆえん》なのです。ですから私達のような後人は先人からの遺産を引き継ぎつつも、次世代の生き方へと昇華させる義務があるのですよ」

な、なるへそ、温故知新でございますか。

で、その義務とは具体的には何《なん》ぞ？

どうにも頭がこんがらがります。主義主張の終着駅が、空に浮かぶ雲のようにモワッと一度は形勢されたかのように思えましたが、直ぐに宙に四散して、終《しま》いには「工場長、生産するには糖分が足りておりません！」と、私の脳みそがストライキを起こしました。脳にボイコットされては成す術がない。かといって、そうでありますね〜オホホホホ、と熱弁を冷ますかのような愛想笑いをしては失礼です。

行き場のない思考でヘロヘロになっている気配を察してくれたのか、真神さんは持論を自ら、中断しました。

「これはどうもすみません。わざわざ食事に誘っておいて小難しい話ばかりして。私の悪い癖と言いますか、普段の討論が職業病になっているようです。ちょっと甘い物でも頼みましょう」

「あ、甘い物！」

脳内工場が活気を取り戻します。「我々の主張が届いたぞ〜！」と、従業員の歓喜が充足しました。

「こちらがメニューです、薫さんのお好きな物をどうぞ」

藍色の表紙の和製本。『菓伊逸《スイーツ》』と当て字で書かれています。洋菓子とか、和菓子とかの表記にすればいいのに、この表現法は古いようで新しい。

――妖怪紅葉まんじゅう、栗と蛇毒のモンブラン、髑髏《どくろ》と骸《むくろ》のサントノーレ、百目百足《ひゃくめむかで》アイス。

うーん、全部、クセが強そう。

部屋のコンセプトとマッチする、シンプルなスイーツはないのかな？

「ここはロールケーキがおススメですよ」

悩める私に、紳士のアドバイス。『七人十色《しちにんといろ》のロールケーキ』と、楽しそうな名前だったので、ロールケーキに決めました。

ベルを鳴らすと勝手に扉が開いて、真神さんが空気に向かってロールケーキを注文すると、これまた勝手にメニュー表が下げられ、扉がパタンと静かに閉まりました。

「幽霊です、昔から居らしたそうで」

恐怖で身震いしましたが、同じアヤカシですからビビる必要はないわけで、では次はしっかり見てやろうと、ジロジロと部屋中に、くまなく睨みを利かせてやりました。

程なくして、フワフワ浮遊しながらロールケーキが運ばれてきます。

今度こそは、うっすらと人影を捉えることに成功しました。何処に目があるのかはハッキリとしませんが、私の細めた目付きに幽霊さんは驚いたようで、宙に浮いているフォークやスプーンがカチャカチャと上下に激しく揺れました。

「ご、ごめんなさい」

相当酷い顔だったのでしょう、両手を膝の前に添えて背を丸めて謝りました。下品な振る舞いに真神さんと目を合わせることができず、慌ててテーブルのロールケーキを凝視します。

見た目は普通の、黄色に白の渦巻きのロールケーキです。シンプル・イズ・ベストということかな？

「ちょっと変わったケーキでしてね。もっとも、尋常なケーキなんて置いてありませんけど。こちらは七人十色——正しくは十人十色ですから、三人が何処に消えたのかはさて置き、名前の通りに万人の好みを理解したケーキです。一見するとただのバニラクリームですが、色も味も好きに変えることができます」

「どうすれば変わるのですか？」

「ケーキに語り掛けるだけで良いのです。リクエストしながら縦にフォークを入れれば、切った部分がその通りになります。試しに私がやってみましょうか」

真神さんは金のフォークを片手に「ラズベリーとショコラ・ブランのムース」と言い

ながら、縦に細い糸を通すかのようにして、スッとロールケーキを切りました。

「すみません、ショコラ・ブランはホワイトチョコレートだから、クリームとの違いが分かりにくかったですね。もっと違う色にすれば良かったです」

「でも、ピンクの層が挟まっていますね」

半分に切ってもらい、ケーキをいただきます。

まあ、ホワイトムースがとっても甘い。

ムースの中にはラズベリーソースが混ざっていて、ほのかな酸味と上品なチョコレートムースの甘さが秀逸です。これがショコラ・ブランとやらですか、ふむふむ。

「どうぞ、次は薫さんがやってみてください」

「は、はい！」

フォークとフォークの二刀流を両手で掲げ、気合を入れました。舌なめずりもしちゃいます。だって楽しくないですか？　自分で好きな味を作れるんだもの。

「何にしようかな――じゃあ、ホワイトチーズ！」

豪快に切ってやりました。

「ホワイト……チーズですか？　指定が曖昧《あいまい》な気が」

不穏な空気が投げかけられます。

「名前を忘れちゃって。何でしたっけ、あの白いチーズケーキ」

「レアチーズケーキ、ですね」

ここにきて語彙力《ごいりょく》不足が祟りました。私の切った断面は何だかブニブニしていて、まるでスライムのような感触がします。チーズには間違いなさそうですが、繊維がしっかりしていると言いますか、クリーム状ではなくて、完全に固形です。

試しにフォークに刺して口に運ぶと……

この甘みは、う〜んと、ロール部分の甘味《かんみ》かな。微かな酸味がするけど……食感以外は、ほぼロールだけが頑張っている感じ。

「これじゃあ、具を挟んでいる意味がなぁい」

「モッツァレラチーズになったようですね、甘さ控えめのケーキです。チーズクリームに加工するなど、工夫をすれば十分に可能性はあると思いますよ」

彼はフォローしてくれましたが、デザートとしては失敗なのですから、申し訳なさで逆に胸が抉《えぐ》られます。

それからは、気を取り直して甘いケーキを堪能することに。

林檎のタルトタタン風。

白桃のミルクレープ風。

食べたいと思っていた金柑《きんかん》のロールケーキに、味はチグハグになりましたが、完全創作のレインボーケーキなんて珍作も。

甘さで紅茶のカップは早々と空になり、追加で紅茶とコーヒーを注文して、優雅なお茶会に身を委ねました。

「まさにこのロールケーキの断面が、歴史なのですよ」

真神さんは七色のロールケーキをフォークで二つに割りながら、またムズカシそうな話を始めます。糖分を補充したのですから、今度こそは彼の話に全力で付き合おうと決意し、両拳をグッと握りました。

「基本的人権の尊重が社会で保障されているのは一般常識ですが、現生人類であるホモ・サピエンスが誕生したのは二、三十万年程前だと言われています。それなのに、日本で基本的人権を保障する憲法が制定されたのは、いつ頃かご存知ですか？」

「え〜と……戦後あたりからでしょうか」

「そうです、人類は何十万年も歴史を刻んできたのに、ここ百年以内の出来事なのは驚きです。このように長年続いた過去の非常識を今の常識に変えてくれたのは、当時を熱く生きた方々の活躍のおかげなのですよ。このロールケーキのように、断面で生きている私達は過去との繋がりをウッカリ忘れがちですが、現代に至った過程を時折思い出しては、恵まれた時代に生まれたものだと、偉人に感謝するのも大事なのです」

み、耳が痛い。

フワフワな狐耳がチクチクします。現代社会が碌《ろく》でもないと鴨川に咆哮して、アヤカシ社会への逃走劇に身を投じた私としては、グサグサと言葉が刺さるわけで。

「日本の社会は、明治や大正時代の文明開化を基軸として大きく変動しました。浪漫、というのは西洋の精神運動であったロマン主義からの当て字でして、私達が主催しているアマモリの会も、根底にあるのは精神の向上なのです。次代へと引き継ぐべき思潮を啓蒙し、未来に希望を紡ぎたいという願いから設立された歴史ある会合なのです」

「そういえば、蛙男さんがそんなことを言っていました。真神さんが目指すのは、大正時代のような活発な人権運動なのですか？」

「人権運動は、既に過去の偉人達の努力によって終わった話ですからね。私が目指したいのは……そう、アヤカシ社会の、デモクラシーなのです」

アヤカシのデモクラシーとは……聞きなれぬ言葉です。というより、初耳でございました。

「私は先程、先人のアヤカシ達の生き方を否定しましたが、近代の価値観まで思想を昇華させて世に浸透させてくれたことには大変感謝をしております。人との共存へと駒を進めてくれたのですからね」

　真神さんは最後に残ったケーキの一切れを、どうぞ、と差し出してくれました。私ばかりが食べていたので遠慮しようかなと一度は思いましたが、譲られたのが本日、私の一番のお気に入り、金柑《きんかん》のロールケーキだったので、断る努力を忘れることにします。

「ただ、まだ足りないと思っているのです」

「え？　ご、ごめんなさい……私がほとんど食べちゃって」

「ケーキの話ではありませんよ、アヤカシ社会の話です」

　真神さんは指を唇の下に当てて、幼い娘を見る母親のような目をしていらっしゃいます。

「さあ、どうぞ」

　ティーポットから紅茶を注いでくれました。

「ありがとうございます」

　私がカップから視線を上げると、

「薫さんのようによく食べる女性、好きですよ」

　笑顔で放った彼の言葉が、体を突き抜けます。

　ドキッとしました。

「私はアヤカシも、表で堂々と生きていける世の中を目指したいのです。アヤカシであることを隠さず、人とアヤカシが並んで歩く社会が私の理想です。アヤカシの主権を取り戻そうと主張なさる唐変木さんには甘いと言われてしまうものですが、人とアヤカシのどちらが主権を握るかなど、どうでも良いことだと思います」

「とても素敵な考えですね。私もここに来てこと同じことを思いました。人間社会に嫌気が差して裏町に逃げては来たのですけれど、人間そのものを嫌いになったわけではないんです。だから、裏京都でアヤカシ達に混ざって人も楽しそうに暮らしているのを見ると、嬉しくなって、安心もしたんです。ここが理想郷なのだと、表の京都もこうあれば良いのにと、そんなことを考えました」

「薫さんは必ず同調してくださると思っていました」

彼は突然、立ち上がりました。テーブルを回って、私の横に来て、片膝を突いて、

「私とお付き合いしていただけませんか」

優しい笑顔が真顔に変わって、そんな突拍子もないことを言ったんです。

青天の霹靂《へきれき》に、二人の時間が止まります。

状況を呑み込むことのできない私は、呆気に取られて、茫然と、ただ手を椅子に添えたまま固まっていました。

「お付き合いって？」

　やっと、それだけ。

「もちろん、恋人になって欲しいという意味です」

「私と？　どうして――」

「薫さんが素敵な方だからです。私には分かります。私は薫さんとなら、明るい未来を築けると確信したのです」

「それは、いくら何でも買いかぶりですよ！」

　両手をぶんぶん振って、慌てて否定しました。

「私なんていつも怒ってばかりで、喚き散らして、この前の夜会もそうでしたし、迷い家でも癇癪《かんしゃく》を起こして怒鳴り散らしてしまいました。それで迷惑ばかりを」

「薫さん自身は気付いていないのかもしれませんが、薫さんが憤慨するのは自分のためばかりではないのです。最初は人とアヤカシの未来のため、次は迷子になるであろう子供のため。他人のことで怒れる勇気と強さを持っている方は、世にそう多くはありません」

「でも本当に、本当に、ただ腹を立ててしまっただけなんです……自分でも女らしくなくって、感情を抑えなきゃって、いつも後から反省して」

「迫力はありましたけどね」

真神さんが、また笑いました。

「私には、その太陽のような明るさがとても羨ましい。私は理性的であろうと努めるあまり、怒ることを忘れて――いいえ、封じ込めたのです。私が持ちたくても持ち得なかった美点を、薫さんは持っています。きっと薫さんとなら、アヤカシの新しい未来を描けるのではないかと、そう考えているのです」

気が付けば、彼も、私も立ち上がっていて、距離を縮める真神さんに少しずつ追い詰められてしまい、鸞の間《ま》の七宝《しっぽう》焼きの壁に背中を預けて、もう逃げ場がなくなっていました。

顔がとっても近くて、彼の吐息を肌で感じます。

お願いです、そんな真っ直ぐな瞳で私を見つめないでください。

「ひゃっ！　あ、あの！」

手の甲をそっと、優しく握られました。ひんやりしているのに、とても芯が温かい。

二つの相反する感覚を味わいながら、私の背中が少しずつ、心と一緒に、ずるずると落ちていきます。それでも彼は、私に覆いかぶさるように、さらに近付くのです。

「どうか、私と同じ道を歩んではいただけませんか？」

鼻と鼻が、くっつきそうになりました。彼の瞳の中に私の顔が映っています。

「わ、私と真神さんは今日お話をしたばかりですよね？　まだ出会ったばかりなのでは」

「お会いしたのは今日で三度目です。あの夜、薫さんとご一緒してから、私はあなたのことばかりを考えていました。まるで夢の中にいるようにアヤカシ社会ではしゃいでいる薫さんが、とても眩しく見えたのです」

「そんな……私は真神さんが思っている程、純粋ではありません。むしろ真神さんの方こそ素敵です。知識も地位も名誉もお持ちなようですし、品というか格式も高くて、世の中を変えようと努力なさっていて……それに比べて私はガサツで、言葉も汚いし、胸もないし、女らしさなんてちっとも」

「足りない部分はお互いに補い合いましょう。私は薫さんと婚約したい」

「婚約を？　じょ……冗談……」

いいえ。

彼は嘘をついているようには見えませんでした。

本気なのは態度から伝わります。

一時《いっとき》の欲望で私を口説いているようには到底、思えません。

「薫さんがまだ早いとおっしゃる気持ちも理解しているつもりです。それでも、私は生まれて初めて、自分の衝動を抑えられそうにないのです。真剣な交際をお約束します。ですから、どうか私と結婚を前提としたお付き合いをしていただけませんか？」

その時でした。

瞬く間に憧憬《しょうけい》は転落したのです。

彼の瞳がプロポーズをする情熱のあまり、銀色に爛々《らんらん》と輝き始めると、まるで獲物を見る目付きのように鋭くなって、白い火のような息が吐かれ、優しく私の手を包んでいた彼の両手に力がグッと篭もって。

衝動を抑えられないとの言葉の通り、彼はオオカミの本能を無意識に私に向けてしまったのです。

私はキツネです。

キツネの天敵は、オオカミなのです。

耳がピンと張り、肩が震え、尻尾の毛がトゲトゲしく逆立ちます。本能が「逃げなさい！」と叫びました。

決して真神さんに恐怖を抱いたわけではありません。

彼の早過ぎる婚約宣言に嫌悪したわけでもありません。

ただ私がキツネであるが故に、彼の奥底に眠るオオカミの野生に対して精神を取り乱し、

「ごめんなさい！」

彼の手を払いのけて、身をかがめて腕をすり抜けると、部屋から走って逃げてしまいました。

「あ、薫さん！」

とても申し訳なさそうな、それでいて悲しそうな声が背中に投げかけられました。

きっと真神さんに悪気はなかったのでしょう。それは分かっています。ええ、分かってはいるのに、私にも悪気はなくって。

この時ばかりは、キツネである自分が情けなくて、恨めしくもなりました。

◇　◇　◇

息が切れて天を仰ぐと、澄み切った黒に光る鮮やかな満月。

私は高瀬川沿いを南へ走っていました。サロンから逃げ出した時はまだ夕暮時だったのに、さあっと闇が空を覆い、黒一色に染め上げたのです。往来には明かりが灯され、

いくつもの立ち止まった人の影が盛んに現れては後方へ、ちらちらと消えてゆきます。

道中で見かけた、人の頭で一杯になった橋。

手すりに足を掛けたご老人が火の粉を空へ散らすように灰を投げかけると、枯れた梢に季節外れの桜が咲いて、喝采《かっさい》が満開になるのです。興味を惹かれ、しばし足を止めて騒動の只中に身を置きたくはなりましたが、今の私は彼らのような快活たる存在とは無縁のように思えて。

水路脇のベンチに座って、柳と一緒に首を垂らします。

夜の川を眺めていると、恋人に振られて、鴨川の三条大橋へ逃げたことを思い出しました。あの時の私は突き付けられた現実に嫌気が差して、悲しみと絶望と憤慨で足を走らせましたが、今の私は何から逃げているの？

オオカミさんに捕食されそうになった恐怖から？

それとも真神さんの心？

建前は前者で、おそらく本音は後者。私には自信がなかった。彼の偽りのない愛の告白を前にして、まだ彼をよく知らない私は、軽々に熱情を受け入れてはならないと、それで逃げ出したに違いないのです。

優しい方だとは思います、素敵な方だとも思いますが、私が胸中に抱いた感情は、家出娘が御曹司《おんぞうし》に抱くような憧れに過ぎず、以前の私であれば、ひとまず承諾してから好きになれるのかを行く行く考えれば良い、などと合理的に対処したのかもしれませんが、「付き合ってみたけれど、やっぱり違っていた」と言い放った元恋人を嫌悪した私ですから、そんな人と同類になるのは嫌で。

そうは言っても、あの結末では彼の心を傷付けることになったでしょう。イケメンさん特有の強引なアプローチではありましたが、彼は本気だったのです。私も誠意ある対応をして然るべきだった。

もう一度、結婚を前提としたお付き合いとはいかずとも、食事からやり直したい。彼と共有する時間を増やしていくうちに、私の羨望が愛に昇華するかもしれない。彼の告白があまりに突然過ぎたから、唐突だったから、せめて恋愛を育む期間がもう少しだけあれば、ロマンスは哀傷を迎えずに済んだのかもしれないのに。

告白から逃げたのは私の方で、客観的には私が彼を振ったはずなのに、気分的には振られたような心持ちでした。

「戻って謝ろうかな」

独り、悲哀を川へ流すかのように呟きます。

裏の木屋町通も表と違《たが》わず賑わいに飾られていましたが、四条を越えた辺りから往来はまばらになり、私の座っている閑散とした場所は五条を越えた所でしょうか、森閑の中にただ我有るのみ、といった様相を呈していました。時間の上では夜更けではないはず。それがこうも暗いと真夜中の孤独感と差異はなく、まるで世の全ての人が何処かへ消えてしまったのではないかと、そんな幻想さえも抱いて。

紅葉が風に舞い散り、膝上の巾着袋の上に、一枚だけ。

冬の到来を告げる兆しに、私の心は寂しくなります。

肌寒さを感じて、暖かい家が恋しくなった折、今様色《いまよう》の巾着袋が揺れて微動を膝に感じ、慌ててスマホを取り出すと、画面のライトが深淵《しんえん》に一条の光を灯しました。が、直ぐに消えてしまいます。十分に充電されていたはずが、ボタンを長押ししても全く反応がなく。

急に壊れた？　いや、そんなはずは。

辺りは再び、静まり返りました。

私は急に薄気味悪くなってきました。

木枯らしが金色の髪を巻き上げて、枯れ葉が渦を描いて散っていきます。

それを最後に風はピッタリと止み、空を見上げると月までもが姿を隠しています。黒い雲の足は早く、轟々《ごうごう》と唸り、けれども風はなく、水路の両脇に連なる柳の枝は風の力を失ってダラリと垂れ下がっています。先程まで私と心境を共鳴していた柳が、段々と人がぶら下がっているようにも見えてきて。

ここを早く去らなければならないと本能が訴え、四条へ引き返すことにしました。

少しばかり歩くと、石橋に差し掛かって、先程までは気にも留めなかったのに、妙に川の流れが気になりました。怖い物見たさなのか、橋の上から下を覗くと、黒い水に押された長い藻がユラユラと柳のように揺れ動いています。川の所々に渦が巻いて、渦と渦が重なり合うと、さらに大きな渦となって、また別の小さな渦を飲み込んでゆくのです。

奇妙な違和感に怯えながら足早に向こう側へと石橋を渡り、水路沿いの細道にポツンと立ちました。

遠くに伸びる道の先を見通そうとしましたが、月を失った夜道に明かりはなく、徐々に暗さに慣れてきた夜目が連なる屋敷を青黒く映すと、全ての戸は閉ざされており、風もないのにガタガタと揺れる雨戸の音が響いて、私の恐怖を一層に煽《あお》ります。

怖い。

早く高千穂の部屋に帰りたい。

我流に走ってきたとはいえ、高瀬川沿いを南下してきたのだから、川沿いに北上すれば戻れるはず。

右手には川、左手には隙間なく並んだ古い家々。

ひっそりと静まり返った土道を孤独にひた歩きます。

いつの間にか家戸の揺れる音は止み、前を見ると、川と道が直角に左に曲がっていました。どうやら他に進むべき道はないようです。

はて、川沿いに真っ直ぐ南下したのだから、一度も角を曲がってはいないはず。一本道なので道を間違えているはずもないし。

首を傾げながらも、仕方なく左に折れました。

ただ真っ直ぐに、道は続きます。

私の草履《ぞうり》が土を削る音だけが響きます。

せめてフクロウでも鳴いてくれれば他にも生き物がいるのだと安心できるのに、川のせせらぎすらも聞こえない。鯉が泳いではいないかなと期待して、また懲りずに水路をそっと覗き込むと、相変わらず黒い渦が藻を巻いて、私を中心へ引き込もうとしています。

魂も吸い込まれそうな気がしたので、それ以上、観察するのは止めて、塀と柳ばかりが続く緑道を辿りました。

右手の柳の枝にかかった、赤い着物が目に入りました。洗濯物が風に煽《あお》られて飛ばされたのでしょうか、随分と高い位置に留《とど》まっています。木を揺すれば細い枝から落とせそうですが、それでは川に浸かってしまうかもしれませんし、私には闇に佇む赤い着物がとても気味悪く見えて、触れてはいけない物のように思えました。

また、空が轟々《ごうごう》と唸る音。

やはり風はありません。雲も流れてはいません。飛行機など何も見えないのに、唸り声は遥か上空から私の頭上へと降り注ぎます。

裏京都を訪れた時に見た龍が、沢山の人を乗せて雲の上を飛んでいるのかな、そうだといいな、寂しくて不安だから誰か通ってくれないかな、でも一人だけで来られても不審者かもしれないと警戒してしまうので、できるだけ多くの人が、あの風神電車でも通ってくれれば良いのに。

そんな期待も虚しく、誰にも遭遇しないまま、突き当たりになって、また川と一緒に左に道が折れていました。

先程、左に曲がったばかりです。

さらにまた左へ行けば、どの方角に向かうのか分からなくなります。引き返そうか、とも思いましたが、川を下った時は右手に川が流れていたのを覚えています。帰ろうと振り返ってから、何の気なしに橋を渡って、それから今も右側に川があるのですから、間違いなく川を上っているはず。

疑問は残りますが、結局、また左へ曲がりました。

北に向かって左へ曲がったのだから、私は西へ。

西に向かって二度目の左を曲がれば、私は南へ。

それでも川は常に私の右手に流れていることが不可解でしたが、他に選択肢はないので、導きに従って歩き続けました。

するとまた、直角に左です。これで三度目の遭遇となります。私は東の果てに向かうことになるのでしょうか、考えても仕方がないから、とにかく突き進みます。

川沿いに建ち並ぶ不気味な屋敷を見上げながらしばらく歩くと、そこでも、四度目の左が私を待っていました。

四回も左に曲がってしまっては、ぐるっと一周している気がします。川を渡ったはずの石橋が見当たらないので、同じ場所を巡っているわけではなさそうです。四度も左に曲がらされる行為は大変に迂遠《うえん》なことだと思います。

もうどうにでもなれと、めげずに左に曲がると、さらに五度目の左に差し掛かってから、やっとあることに気が付きました。

柳の枝にかかった、着物が目に入ります。

赤い着物が垂れ下がっているのです。白い斑点に見覚えがあります。あれは間違いなく同じ着物で、少しだけ違っていたのは、小さな手袋が柳の下に落ちていることです。

手袋は一度目にはなかったように思いますが、見落としたのかもしれません。

いずれにせよ、赤い着物で確信しました。私は四角形をグルグルと回っているようです。石橋を渡った時に、四方を水路に囲まれた場所に来てしまったのかな。

ついに、私は後ろへ引き返すことにしました。

腑に落ちない点は幾つかあったものの、来た道をまた戻れば石橋があるはず。まずは石橋を再び渡らねば、四角形を永遠に堂々巡りすることになります。

赤い着物に背を向けると、真っ直ぐに進みました。

その先で、私を待っていたのは直角に折れた左でした。

この左への曲がり角を目にした時。

理不尽な事象を前にして、ただ、茫然と立ち尽くしました。

私の知っている常識では、後ろへ引き返した道の先で、決して左になんて曲がってはならないのです。必ず右に曲がっていなければ道理に合いません。川もいつの間にか私の右側へ移動しています。これも変で、私が前を向こうが、後ろへ振り返ろうが、川は常に私の右側にあるのです。

先の見えない曲がり角が、歪《いびつ》な空間へ私を誘う霊的な媒体のように思えて、寒気が襲い、肌で恐怖を感じました。

人生で、曲がり角にこれほど畏怖したことはありません。

振り返ると、赤い着物がバタバタと、風のない枝と共に揺れています。

私は怖くなって、必死に走りました。

左、左、左。

何度も振り返って逆向きに走っても、やっぱり、ずうっと左ばかり。どれだけ曲がろうが、引き返そうが、先々の角は常に左にしか曲がっておらず。

川と渦と、屋敷と、唸る黒い雲。

同じ景色ばかりが散々、繰り返されて、赤い着物に幾度も再会しました。妙なことに、私がグルグルと回るたびに、赤い着物の周りに物が一つずつ増えてゆくのです。最初は子供用の手袋が増えて、小さい草履《ぞうり》が増えて、四度目には蛇のようにトグロを巻いた荒縄が落ちていました。

この恐怖から逃れる術は、泳いで対岸を目指すしかないと悟りました。

そうなると、ブラックホールのような渦を避けねばなりません。泳ぐのには着物が邪魔になります。全部脱いで、帯で一括りにしてから対岸へ投げた後に、川へ飛び込む手筈になるでしょう。冬の入《い》りだから水が冷たそうで、川の水は清潔なのか、ヘドロとか沈んでいないか、もしもあの渦に飲まれたらどうなるのか。

躊躇《ちゅうちょ》して二の足を踏み、なかなか実行に移せずにいました。

唐突に、ちりんと、鈴の音《ね》が響きます。

玲瓏《れいろう》な音《おと》は冷たい夜の空気を揺らして、私の耳にまでハッキリと届きました。鈴の音《ね》の鳴る方に目をやると、一つの人影がゆらゆらと、こちらに近付いて来るではありませんか。

ここを通る御仁が正常な者とは到底、思えません。おそらくあの影は私を虜にしようとしている張本人。恐怖が胸を貫き、失意と諦念で一度は意識を置き去りにしそうになった私でしたが――

少しずつ腸《はらわた》も煮えたぎってきました。

どうして私が怖がらなければならないの？

不審者だか幽霊だか知らないけれど、亡霊なんぞに捕まってたまるもんですか！

こっちは肉体があるのです、それに私だってアヤカシです。

戦う？

いいや、さすがにそれはちょっと。

かくなる上は、もう川に飛び込むしかない。

私は草履《ぞうり》を放り投げて、それから服を脱ぐことにしました。

さあ飛び込もう、飛び込んでやるわ、ええ、やってみせますとも。

アンタの虜になるなんてまっぴら御免、下着姿になってでも川を渡ってやる。幽霊が男性か女性かは知らないけれど、もし男なのだとしたら、良い物が見れたと私の裸体を目に焼き付けておきなさい。

「それ以上脱ぐのも、川に飛び込むのも、両方止めておけ」

袴の紐を外して帯をほどいて着物を脱ぎ、あらぬ姿で飛び込む臍《ほぞ》を固めていた矢先、聞いたことのある声がしました。

「濡れるだけでは済まんかもしれん。だから夜道を一人で歩き回るなと言ったろう」

この言葉に疑問符が頭上を飛び交い、よくよく目を凝らすと――

夜に溶け込む黒い短髪と和服、猫のような尖った目に、感情が欠落した無表情っぷり。

なんと、ビックリ。

まさかの案内人さんでした。こんな場所での再会です。

案内人さんは出会った頃と同じような朴訥《ぼくとつ》さで、私が脱ぎ捨てた着物に視線を落としています。

それから一言、

「早く着ろ」

幽霊かと思えば知り合いだったのですから、先程までの恐怖と、卒然と強襲した安心で四肢に力が入らなくなり、足を八の字に広げたままヘナヘナとその場に座り込んでしまいました。

「た、助け――」

助けてくれてありがとう、と感謝を告げようとしたけれど、それよりも先に、

「全く世話の焼ける。どうして大人しく忠告に従わないんだ、このお転婆キツネさんは」

こう彼が言うものだから、

「そ、そっちこそ助けに来るのが少し遅いんじゃない？」

思わず憎まれ口を叩いてしまいました。私は別に天邪鬼《あまのじゃく》ではありませんが、この方はいつも私を小馬鹿にしている気がするので、素直に感謝の言葉が出てこないのです。

「遅れたのは謝る」

おや、ちょっと意外な反応。根は良い人？

「ほら、立て。そして服を着ろ、みっともない。いい歳して下着姿でウロウロするな」

前言撤回、下着姿になりたくてなったんじゃあございません、経緯はアンタも知っているんでしょ。

「分かったわよ、ほら、着替えるからアッチ向いてて」

「今更アッチを向かせる意味があるのか？」

「いいから、アッチ向いてて！」

ツンデレ女子高生か、と自分でも思いましたが、そうさせるのはこの人のせいです。どうにも調子が狂います、大人のゆとりあるレディが遠のきます。急いで脱いだ服を情けなくもまた着るのですが、小振袖《こふりそで》なので着付けに時間が掛かり、見られてるような気がしてチラッと振り返ると、彼は私にそっぽを向いて、川の渦をじぃっと見つめていました。

私の裸よりも渦巻きですか、そうですか、そうですか。これはこれで腹が立ちます。

「着替えが終わりました、もう見ても良いです」

「ああ……そうか、やはり赤だったか」

「青ですけど」

「アンタの下着じゃない、柳の着物だ」

彼が腕を伸ばすと、柳の枝に被さっていた着物がふわりと浮いて、彼の前に降りてきました。蝶のように袖を開いて靡く小紋《こもん》に彼は両手を添えて……

「六根清浄《ろっこんせいじょう》、四柱神《しちゅうしん》を鎮護《ちんご》し、安鎮《あんちん》を得んことを慎《つつし》みて五陽霊神《ごようれいしん》に願い奉《たてまつ》る」

と唱えています。

「赤と白の斑紋。ここで女性が命を捨てたと聞いた。赤子が流れた自失から、心身虚弱だったそうだ。彼女の両親から除霊を頼まれて捜していた」

「……そうだったの」

あれほど怖かった赤い着物が、子を失った母の悲劇と知れば、急に寂しそうで、とても物悲しい存在に思えてきました。私も彼の横で両膝を突いて、両手を組みます。

「どうか安らかにお眠りください」

小さな手袋も、草履《ぞうり》も、哀れな縄も、真実を知ってしまえば悲しい代物だったのです。

私はそっと、地面に落ちている紅白の斑模様の小さな手袋を拾いました。生まれてくる子を夢見て、我が子のために買った手袋なのでしょう。草履《ぞうり》は小さくて、可愛らしくて、もしかすると未来の子供は女の子だったのかもしれません。逸る気持ちを抑えることのできなかった母が娘のために買った手袋と草履《ぞうり》は、ついぞ、使われることはなかったのです。

顔を上げると、黒い髪の女性が川のほとりに立っていました。

彼女は大きな腹をさすって、子を身籠った幸せを噛みしめています。それが我が子を失ったと悟った時、この世の不幸を一身に背負ったかのような悲痛へと変わっていったのです。彼女は私に背を向けて、遠くへ去ってゆこうとしました。私が背中から、待って、と声を掛けると、彼女は振り向いて、何かを小さく私に告げ、闇の中に無数の蛍の光を浮かび上がらせながら、空に溶けるように夜風に吹かれて消えていきました。

私の目から涙が一つ、露のように落ちました。

残されていたのは、私の涙を受け止めた浅い底の綺麗な下駄が一揃い。紅の鼻緒《はなお》には白い椿が描かれています。

「最後に笑わせてくれた礼だそうだ。彼女の遺品だから、大事にしてやってくれ」

彼は私に、女性物の下駄を差し出しました。

「うん……でも、私が笑わせたってどういうこと？」

涙を拭って聞いてみると、

「意気揚々と裸体で川を泳ごうとしたことだろう。一部始終を柳の上から見ていて、可笑しくて笑っていたそうだ」

悲しみの余韻が一気に潰れて、間抜けで滑稽《こっけい》な空気が戻ります。

「オカシイ気持ちは分かるけど、化かした幽霊が笑うって理不尽じゃない？」

「アンタが迷ったのは彼女のせいじゃない、ここはそういう場所なんだ」

彼が掌を開くと、小さな盤がクルクルと回転していて、目の前で大きく広がりました。丸い高貴な陶磁器の皿には、色とりどりの十二支が描かれています。中央部分にはひし形の綺麗な水晶が嵌められていて、上下左右に回っていました。

「裏京都は常世《とこよ》と幽世《かくりよ》の狭間にある街。その中でも裏六条通は幽世《かくりよ》に近い危険な場所で、下手に踏み入れて良い場所じゃない。それが天地盤でアンタの居場所を捜してみたら裏六条にいるときたもんだ。いったいどうやってここに入った？」

「どうやったも何も、ただ木屋町を高瀬川沿いに南下して来ただけ。特別なことなんて何もしていない」

「通りを南下しただけじゃないはずだ、橋でも渡ったろう」

「渡ったけど、橋は渡るためにあるもんでしょ」

「普通の橋はな。ただ、アンタが渡ったのは三途の橋の一つ。滅多に現れないはずだが……よほど奇運を引き寄せる習性があるらしい。橋はもう見えないが、今でも向こうにあるに違いない。とりあえず早く帰った方が良い、付いて来い」

「あ、待ってよ。独りにしないで。ここがあの世なんて言われたら怖いじゃない」

淡々と私を置いていく彼を追って横並びになろうと早歩きしましたが、彼の歩みは思いの外に速く、もう少し遅く歩いてくれれば良いのにと不満が頬を膨らませます。

「ここだ、橋があるのは」

「……何も見えませんけど」

黒い川が渦を巻くばかりで、石橋どころか、石一つ、見当たりません。

「目では見えない。とりあえず渡ってしまおう」

「渡ろうって……だから待ってってば！」

またしても彼は私を置いて、一人でスタスタと無慈悲に川を渡ります。橋が見えない私には、彼が川の上を空中散歩しているようにしか見えず、付いて来いと言われても、どう見たって下は川なのですから、最初の一歩が踏み出せない。

「早く来い、闇がさらに更けると厄介なことになるぞ」

「そんなこと言われても、私には見えないんだから怖いんだって」

「やれやれ、世話の焼ける。ほら、手を貸せ」

彼は戻って来ると、私の左手を掴んで強引にぐいっと引っ張りました。両足が地について固まっている私は、きゃあ、と叫び声を上げながら前につんのめって転びそうになりましたが、彼の胸の中に飛び込んだ格好になって、そこでまた、固まりました。

私達は抱き合いながら、宙に浮いています。

「橋はあるだろ」

「う、うん」

恥じらいで俯く私。

慣れた人と手を繋ぐ行為は安心を齎《もたら》すものですが、初めての人と手を繋ぐのは緊張と恥じらいで稲妻が全身を駆け抜けます。男性の胸の中にいるのだから尚更です。繋がれた左手に、こそばゆさを覚えながらも、二人で橋を渡り切って、対岸で彼に手を離された時には、安堵と同時に少々の物寂しさを感じました。

「私を捜していたって言っていたけど、どうして？」

手をさすりながら、そんなことを聞いてみます。

「さっきの娘の除霊、つまり孫の除霊を依頼人の祖父母に頼まれたんだが、そこでアンタを思い出した。何処に行ったのかと改めて居場所を捜してみたらこの始末だ、放っておいては危ない」

「盤で簡単に人を捜せるのね……あ、じゃあ、もしかして会合の晩も、偶然届け物をしに来たんじゃなくて、私を捜しに来たの？」

「当たり前だろ、用のある先に偶然アンタがいるなんて都合が良過ぎる。案内すると言ったのに勝手に走っていった。だから捜した」

「そうなんだ。それならそうと言ってくれれば良かったのに……あ、ありがとう」

「いいさ、これも仕事だから——それにアンタの婆さん、三月さんの件については俺も無関係じゃない。むしろ深く関わっている」

お婆ちゃんと案内人さんは因果があるようです。どんな関係性なのかを聞こうとしましたが、現世に戻った私のスマホが『メッセージあり』と震動しながらピカピカと光ったので、そっちに気を取られてしまいました。

——薫さん、今日は怖がらせてしまって申し訳ありません。ことを急いてしまったと反省しています。もし気分を害しておられないようでしたら、もう一度、私に機会を与えてくださいませんか？　カレーの美味しいお店があるのです。

真神さんからのメッセージでした。紳士で大人である彼が、どうしてここでカレーなのかなと、可愛く思えました。

私は笑って、返信します。

——こちらこそ、逃げ出してしまって済みません。気持ちの整理がついていないだけで、真神さんはとても良い人だと思いました。カレーの美味しいお店、楽しみにしています。

秋の終わりの孤独な匂いが、微かに甘い香りに変わりました。柳の細く、しなやかな枝から垂れ下がった葉が揺れて、今では和やかに挨拶をしているように見えます。

私が浩然《こうぜん》と対岸を眺めると。

向こう岸の景色は随分と様変わりしていました。川に渦はなく、鯉が泳ぎ、家々の窓からは黄色い明かりが洩れて、時折、笑い声が聞こえます。

ほっと胸を撫で下ろしたら、木枯らしが吹きました。ざあっと私の髪と沢山の赤い花弁を巻き上げて、大きな渦を巻いたのです。

とても綺麗な光景。

あの女性が、笑ってくれた気がしました。

第五章　晴明神社と桃源郷《とうげんきょう》

「さあ、じゃんじゃん頼むよ」

アヤメさんは店員を呼び止めて、頼まない物を言った方が早いのではないかと思う程に矢継ぎ早に注文を捲くし立てていました。彼女は『アマモリ』の夜会で私を助けてくれた方です。私と高千穂は裏京都で同棲していますが（私が居候《いそうろう》です）、女子二人だけでは寂しいのでアヤメさんを飲みに誘いました。

私と高千穂とアヤメさんの三人で、裏町の祇園白川《しらかわ》筋にある居酒屋に来ています。

朱色の柵で隔たれた柳の並木。曲がった枝いっぱいに季節外れの桜が咲いていて、ほんのりと夜を染め上げているのです。冬初めの桜に違和感を覚え、柳に桜など異種間交流も甚だしいのですが、だからこそ素晴らしく、おそらく四条で見かけた灰を撒くお爺さんの仕業なのでしょう。

柵と同じ朱色の手すり。風情ある石橋を渡ると、目的のお店『かざぐるま』へと誘《いざな》われました。大小さまざまな十物《じゅうぶつ》十《と》色《いろ》の風車が右に左にと、自分勝手な風向きでカラカラと回っているのです。石橋を渡る時、また幽世《かくりよ》に繋がってやしないかと警戒したものの、店内の明るさは現世に違いないようで、がやがやと仕事帰りのサラリーマンやら若き女子で溢れ返っていましたが、足のない幽霊店員が皿を細長い棒で回しながら運んでいる様子を見ると、やっぱりここもあの世かもしれないと、そんなことを考えてしまいました。

物静かに開始された淑女の夜会でしたが、次々に料理と酒が並ぶにつれて食卓とテンションは雑然とし、大人の気品は少女の快活へと変貌。笑いが溢れ、単なる世間話から恋の話へと流れていきました。

「それで、薫はどっちを選ぶ気なんだ？」

アヤメさんが串に刺さった焼き鳥を歯で刮《こそ》ぎながら言いました。天井を見上げてボッと火を吐き、「提灯辛子《ちょうちんがらし》をかけ過ぎた」と反省の弁も述べています。

「二人とも個性的やからねぇ。あ、マムシの唐揚げのおかわりくださる？　蛇毒のタレもくださいな」

空になった皿を化け猫店員さんに渡して、キセルを咥えて白い煙を吐き出しているのは高千穂。和塗りのキセルから吹いた煙が可愛い幽霊の形になって、うらめしやー、と言っては消えていきます。

ことのあらましを、二人に話しました。

狼の真神さんに告白された部分だけは除いて。

私としては、できるだけ第三者目線で主観を挟まずに伝えたつもりなのに、いつの間にやら私が二人の殿方からどちらを選ぶのか、という課題を突き付けられてしまって。

「真神さんは知的で優しい御曹司《おんぞうし》タイプ、一方のハルさんは、一見すると冷たそうやけど寡黙に妻と子を守る良きパパって感じやからね。癖はどっちも強いけど、両方とも悪い人やないと思うよ」

「だから違うんだって。私が選ぶとか、全然そういうのじゃないし」

「何言うてんの、恋する乙女は今日も京を行く、なんて駄洒落《だじゃれ》をいつも言うてるやないの」

「もしかして私、ここでもそれを言ってた？」

酔うと気が大きくなるせいか、学生時代から街で醜態を晒している私。記憶はないのですが、彼氏と別れるたびに、座右の銘を声高《こわだか》に叫びながら京都の夜町を練り歩いていたらしく。

私って本当に馬鹿。

忘れていた酩酊《めいてい》による痴態《ちたい》の数々が、優秀な将軍のもとに集う兵のように参集します。

「大昔と違って女性側も男性を選ぶ世の中なんやから、つまり裏を返せば、女性も積極的に動かなアカンってことなんよ。グズグズしてたら、いい男は他の女に取られてしまうわ。薫の好みって昔っから安定せんのよねぇ、チャラいのばっかりに引っ掛かって」

「どうせ私は男を見る目がありませんよ。そう言う高千穂だって、ここんとこはフリーでしょ。どういう男が好みなのかハッキリしてないのは、私だけじゃないと思うけど?」

「私の場合は特定の好みに縛られない、という点をハッキリさせてるんよ」

「なんだそれ」

「心が狭い人じゃなかったらええんよ。自分に自信があって、目指すべき道があって、皆に優しい人――まあそうやね、強いて条件をつけるなら、私と対等に酒を楽しめる人がええかもやね」

「今の発言で全世界の九十九%が圏外になったと思う」

高千穂並みの酒豪なんて、そうはいるはずがないのです。鬼でも敵わないのだから、酒呑童子《しゅてんどうじ》だって勝てません。酒そのものから生まれたアヤカシでもない限り無理。

ここで私達の談笑の湖に波紋を投じるように、注文したマムシの唐揚げがテーブルの真ん中に運ばれてきました。

大きな蛇が皿一杯に載っていて、マムシの丸揚げ、と表現した方が適切かもしれません。蛇皮に衣がついただけの代物で、白い眼をしたマムシと目が合って、思わず私の椅子がガタガタと後退します。

「これ、美味しいんよ」

うっとりと色気ある声を出す高千穂、共食いになっているような。

「だから毒をかけるなって、アタシらも食べるんだからさ」

小皿に入った紫色の蛇毒を回しかける高千穂に、アヤメさんの苦言が被さります。軟骨の唐揚げに勝手にレモン汁を絞っただけで文句を言われるケースもあるのだから、蛇から採取した毒なら尚更。

「なんでよ、不足したビタミンが充填されるような気がしいひん?」

「そらアンタが蛇だからだろ。まあいいか、薫は食べないのか?」

アヤメさんは頭から蛇毒ごと齧り付きました。「ちょっと毒で口が痺れるな」などと感想を漏らしていますが、私が食せば口どころか、全身が痺れて動けなくなるに決まっています。

「好みのタイプは年齢と共に変わるし、世界中の男から理想を選ぶのは難しいけどさ、二択なら簡単じゃないか？　片思いとか両想いとかは関係なしにして、薫はどっちが好みなんだ？」

　アヤメさんに聞かれ、

「う、う〜ん……どっちだろ」

　と、思案します。

　直観的には優しい真神さんに軍配が上がりましたが、案内人さんには助けてもらった恩があります。彼は目付きと態度はきついけれど、最初に思っていた程嫌な人じゃないみたいだし。

「分かんない。恋愛に失敗したばかりだから直ぐに割り切って比較できそうにない。アヤメさんなら、どういう基準で選ぶ？」

「そんなの簡単、まずは体を味わってから決めればいい」

「わ〜お、だいた〜ん！」

　私と高千穂の声が重なります。

「そないに色気ある恰好してるだけあって、性にオープンやねぇ」

　高千穂は感心しているようです。

　アヤメさんは性格だけに留まらず服装も豪胆で、そもそも服と言っていいのか微妙ですが、上半身は裸に白いサラシを胸の周りに巻いているだけなのです。下半身はスカート状の侍の鎧、四枚の草摺《くさずり》だけを履いているのですが、その下は褌なので全身の露出度が相当に高い。かと思えばゴツイ体格ではなくて、括《くび》れるべき箇所はしっかりと細く、赤い長髪は美人画のように綺麗で、さらに顔もやっぱり美人。

それでも彼女が痴漢《ちかん》や暴漢の憂き目に遭わないのは、「アヤメには軽々しく手を出すな」というのが裏京都の男性陣の常識なのだそう。下手に胸のサラシに手を突っ込んで鴨川で寒中水泳を体験させられた男性は、十や二十では済まないらしく。

「性に大胆って、何の話だ？」

「体の相性で決めるって言ったから」

「そっちじゃないって。殴り合うって意味。アタシに勝てないような男には興味ないからさ、まずは殴り合って、アタシに勝った男から選べばいい」

アヤメさんもこの発言により、九十九％の旦那候補を失いました。

「仮にあの二人と殴り合ったら、アヤメさんなら勝てるの？」

こう聞いてみたら、

「分からん」

とのこと。

アヤメさんによると、案内人さんは陰陽師なので術を使われるとアヤカシにとっては厳しく、真神さんは神の名を冠する聖獣なので力の底が見えないらしいのです。

「二人の強さはアタシが保証するよ。だから遠慮せずに気に入った方と付き合うと良い」

「だからどうしてそうなっちゃうのよ。私が云々《うんぬん》もだけど、相手の気持ちもあるじゃない。特に案内人さんとは仕事上の間柄に過ぎないし」

「でも来週にアイツと表の京都でデートするんだろ？」

「そ、そうだけど……デートっていうのは誇張されている気がする」

どうして、表京都で案内人さんと会う流れになったのか。

裏六条で迷子になったあの晩に案内人さんに助けられたのですが、彼が私を捜していた理由は『案内人の務め』だそうです。裏町案内人は初心者のエスコートを、つまりは訪問者の目的が達成されるまで面倒を見るのが慣習となっているそうですが。

――裏町で仕事を探すために、三月さんに会いに来たんじゃないのか？

こうツッコまれて、観光気分ですっかり忘れていた当初の目的を、彼が思い出させてくれたのです。けれど、『簡単には会えない事情がある』と彼が言っていたのも同時に思い出したので聞いてみると、お婆ちゃんの住んでいる裏伏見・玉藻神社の鳥居という鳥居に結界が張られたそうなのです。

裏伏見には玉藻山があって、無数の鳥居が建っているのですが、そんな膨大な数の鳥居を封印できる人物は、相当な術者らしく。

出来得る人物は、この世にたった一人だけ。

なんと、案内人さんのお父さんなのですって。

「デートじゃなくて、お婆ちゃんに会うためなんだってば。裏町の鳥居の封印を解きに行くの。案内人さんの、お父さんが封印した犯人らしくて」

「アイツの親父って……安倍玄桃斎《あべのげんとうさい》じゃないのか？」

高千穂とアヤメさんが蛇を咥えたまま、顔を見合わせました。

「こりゃあ、相当にヤバい奴が絡んでるなぁ」

◇◇◇

今日は表の京都駅で、案内人さんと待ち合わせ。

裏京都を初訪問してから、それほど経ってはいませんが、幼少期から見慣れたはずの人間世界が妙に懐かしく、実家のような安心感を与えてくれるのと同時に、まるで卒業した母校を訪れた時のような、何処かへ置き忘れた遠い日常のようにも思えて、深々と感慨に耽ります。

案内人さんとの逢瀬の目的は、私のお婆ちゃんの屋敷に通じる鳥居の封印を解くため。封印したのは案内人さんのお父さん。古来から脈々と受け継がれる現代陰陽師の当主らしいのです。封印を解いてもらうだけなので何も難しいことはないはず、と思うかもしれませんが、安倍玄桃斎さんといえば、アヤカシ界隈では有名人でして。

大のアヤカシ嫌いなんですって。

おそらく私一人で直談判しようものなら門前払いされるでしょうから、息子である案内人さんが話を通してくれることに。

昼間の京都駅は、いつものように人の流れが慌ただしく交差していました。

中央改札を出た先のバスターミナルにはスーツケースを転がした観光客が列を作り、日本らしい日本を目指して京都を訪れた外国人が、楽しそうにスマホで駅前の景観をパシャリと撮っています。近代的な駅の景観に古来の日本らしさはないのですが、私が外国へ行ってもきっと同じことをするでしょう。

冬の冷たい風が、灰色のマフラーの隙間へ潜り込もうとします。

裏町は比較的温暖でしたので、郷《ごう》に入った結果の小振袖《こふりそで》でしたが、表で冬に和服を着ている人はほとんどいません。目立たぬようにと、白いコートにベージュのロングスカートと黒いブーツ。一般的な人間洋服に身を包んでいる私は、JR京都駅前のバスチケットセンターに背を預けて、ブラブラとバッグを揺らしながら彼を待っていました。

時折、すれ違う人と、ちらちら目が合って。

私ってそんなに可愛いかな、なんて思ったり。アヤカシ体験によって大人の魅力が増したのかも。

十分程、経ちました。

案内人さんはまだ来ないのですが、どうにも嫌な予感がします。

案内人さんは非常にマイペースな人で、私は案内人さんの和装しか見たことがありません。それしか服を持っていないのではないかと思う程に、真っ黒な着流しばかりを着ています。全身真っ黒コーデなんて、夜道で自転車に追突されないのかな。

まさか、JR京都駅前に和服では来ないよね。

普通の感覚ならば、冬の京都駅には洋服で来るはず。

そう信じたいのですが。

――がやがや。

不穏な気配が曇りゆく空のようにジワジワと立ち込めてきました。遠くからこちらへ向かってくる異様の元凶であろう和装姿の男性が見えます。人でごった返している駅前においても、彼の周りにだけは人々が一定の距離を置いているのです。

「少し遅れた、悪い」

やはり案内人さんでした。

頭から墨汁でも浴びせられたのか、黒い髪に黒い着物に黒の羽織、さらに黒下駄という黒以外の色の存在を忘れたかのような出で立ち。季節外れの軽装和服で大目立ちしているのに、彼は何食わぬ顔で恬然《てんぜん》と扇子を扇いでいます。

「あれ、寒ないんかな」

「お坊さんやろ？」

「それにしてはヤンチャな感じ。成人式とちゃう？」

「十二月なんだから、まだでしょ」

女子高生達が無遠慮に指を差しています。私は恥ずかしくて身内の失敗を見るかのような心持ちになり、他人の振りをしようと一度は無視しました。

「なんだ、遅れたことを怒っているのか？　たった十分の遅刻くらいでそんなに目くじらを立てる必要はないだろ。それとも腹が減ってるのか？　アンタの好きな稲荷寿司《いなりずし》ならアッチに売ってたぞ」

「違うわよ、バカ！　どうして普通の恰好で来ないのよ」

「普通の恰好なんだが」

「普通ってのは世間にとっての一般常識であって、浮世離れした芸術家センスを普通とは言いません。何なの、その首から下げたデカい数珠《じゅず》は。ここはアヤカシ世界じゃないんだから、いくら何でも目立ち過ぎ。あなたが来てから周りが騒然としているじゃない」

「俺が来る前から騒がしかったぞ……ん？　もしかして気付いていないのか？」

「何のこと？」

「耳だ、耳。アンタこそ、どうして狐の耳を生やしたまんまなんだ」

ピコピコと、黄色の耳が動きます。

あ、しまった。

裏町の癖で、耳を隠すのを忘れてた。

「あれ、狐やんな？」

「どうしてお坊さんと狐が一緒に？」

「コスプレ大会でもあるんちゃう？」

「それにしても本格的やなぁ、あの耳、ようできてるやん。動いとるし」

「ヘイ、プリーズ！」

私と同じ、金色の髪をした男性に話しかけられました。

「ビューティフルガール、アンド、ジャパニーズ、ゲイシャボーイ。May I take a picture with you？（一緒に写真を撮っても良いですか？）」

「ホワット？」

私と陰陽師さんを中心に、人だかりの輪と行列。バス停に織り成していた外国人観光客の列が、いつの間にやら私達との撮影待ちへと変わっていました。

「そそそ、ソーリー、アイム、ベリービジー！　コスプレ喫茶のバイトに遅れちゃうからさ、早く行かないと。あ、皆さん、私達は京都の場末の場末の隅っこでアヤカシ喫茶をひっそりとやってますから、気が向いたら是非いらしてくださいね～、ナイストゥーミーチュー、アンド、グッバイ、フォーエバー」

「永遠にサヨナラなんて、殺し屋みたいな台詞《せりふ》になってるぞ」

「何でもいいの、さっさと行くわよ！」

大嘘で観衆を煙《けむ》に巻いて、彼の腕を引っ張り、地下街への階段を下って逃走しました。別の階段の折り目で誰もいないことを確認すると、コンクリートの壁に手を付いて白い息を荒く吹きかけ、そこでようやく耳を引っ込めます。

「気苦労の絶えない奴だな」

「半分は、あなたのせいでしょ！」

安倍晴明さんを祀る『晴明神社』は、京都駅から『一条戻橋《いちじょうもどりばし》・晴明神社前』を経由するバスで二十分程揺られた場所にあります。

千年程前に晴明さんの偉業を讃えるために建てられた社が町を守るかのように佇んでいて、神社だけでなく、町名そのものに『晴明』の名が用いられているあたりに、大変な影響力のあった方なのだと改めて感心させられました。

私と案内人さんは、堀川と一条通が合流する一条戻橋を目指して東堀川通《ひがしほりかわどおり》を北上していました。道中で買った甘い御手洗団子《みたらしだんご》を頬張りながら、宇治茶のペットボトルに口を付けて、堀川の水流を見下します。

堀川は開渠《かいきょ》と暗渠《あんきょ》を繰り返して、やがて鴨川へと合流します。今は平常時でも水が流れていますが、近世の治水工事により一時はせせらぎを失っていました。それが京都の美化に努める団体の活動により、再び息吹を取り戻したのです。私がこうして橋の上から宇治茶と一緒に歴史を味わえるのも、古来の景観を残そうとする啓蒙の賜物なのです。

美しい心に触れた後は、清らかな文化に浸ります。

大きな道路に面する五芒星《ごぼうせい》の晴明桔梗《ききょう》の社紋が光る鳥居を潜り、太陽と月をあしらった日月柱《にちげつちゅう》に陰陽の面影を感じて、手水舎で穢れを洗い流して。

お参りをした後に、案内人さんは四神門《しじんもん》から外に出て、細い路地にある真っ白な壁の蔵へと私を連れて行きました。入り口には群青の暖簾が垂れており、よく見れば、五芒星《ごぼうせい》がここにも描かれています。

蔵の中は、カフェになっていました。

木製のテーブルが並んで、お客さんが五、六名程座っています。三角の天井に、太い梁《はり》が真横に何本も伸びているのが蔵らしくてオシャレです。巫女装束の店員さんがこちらへやって来ると、「久しぶりですね」と可愛らしく微笑みましたが、座っている男性が手を挙げているのに気が付いて、「どうぞ、奥へ」と言い残し、お客さんの注文を取りに向かいました。隣のテーブルでは、若いカップルがカプチーノを飲んでいます。

案内人さんはズンズンと奥へ進み、関係者ですよと言わんばかりに『Staff Only』と書かれた戸を開きました。

長い廊下があって、さらに突き当たりの部屋に入ります。どうやら倉庫みたい。

暗い部屋には葛籠《つづら》やら古文書が積み重ねられ、それらが発する古びた匂いが威厳をより一層、高めていました。部屋の真ん中には屋内だというのに、五芒星《ごぼうせい》の蓋で閉じられた石井戸があり、手水舎の横にあった『晴明井《せいめいい》』と同じ外観です。

「ここから狭間の一つに繋がっている。だが親父の住む場所にはアヤカシは立ち入れない、結界が張ってあるからな」

「じゃあ、私はここでお留守番？」

「これを首から掛けるといい」

青く光る五芒星《ごぼうせい》を彩ったペンダントを渡されました。水晶のチェーンがとても綺麗です。買ったらいくらするのかな、結構高そう。和の品格と西洋の華麗さを合わせ持ったペンダントを首に掛けると、選ばれし者になったような気がしました。

これ、欲しいな。

「貰っていいの？」

「帰る時に返せ」

「……ケチ」

案内人さんが「如律令《にょりつりょう》」と唱えると、井戸から青色の光が飛翔しました。私は彼に導かれて、光の中へと吸い込まれてゆきます。

眩い光に包まれて目を閉じ、まもなく光が四散すると、私は白い空の下に立っていたのです。

遠くまで続く石畳の参道の両脇には、春の満開の桜と、秋の紅く染まったカエデの木立がさわさわと風に唄い、桃色の花弁と紅色の葉が散って空へと舞ってゆきます。遠くには水墨画に描かれるような仙人の住む山、中国の黄山《こうざん》のように巨大な岳が聳《そび》え立っていました。

黄山を見ずして、山を見たと言うなかれ。

私は実際に黄山を見たことがありませんでしたが、この言葉の意味を初めて飲み込んだのです。

左手にはサファイアのように青い神秘的な湖が広がり、白鳥や鶴やライチョウが思い思いに水浴びをして、新緑の樹々からはウグイスやシジュウカラの唄が聞こえました。

「ここは桃源郷《とうげんきょう》？」

「いや、それを模したものだ。あくまで現世だからな、俗界を離れた別世界ではない」

別世界ではない、とのことですが、裏京都とはまた趣向を変えた、夢世界のような景観。

石畳を進むと、霊験あらたかな大本殿が見えてきました。

長く横に伸びる社の先が霧に包まれて、何処まで続いているのかは見通せない。百段はあろう入り口の石段を上る最中で、先程カフェでお会いしたのとは別の巫女さんが、せっせとホウキで掃いていました。

「あ、これは若様！　まさかお戻りになられたのですか？」

「別に戻ったわけではないが、用事があってな」

「そちらの女性は……」

巫女さんはジロジロと私を検閲した後に、

「もしかして……ああ、こんなことをしていられません！」

ホウキを石段の上に捨てたまま、本殿へと駆けて行きました。

「あの人、どうしたのかな？」

「分からん」

二人で揃って社の玄関へ入るなり、騒動の嵐が巻き起こっていました。ドタドタと女中やら、見習い陰陽師やら、お坊さんやら、料理人が縦横無尽《じゅうおうむじん》に走り回り、私達の前に一同が殺到します。口々に、若、若、と感嘆の声を上げていました。

「若様のご帰還を一同、お待ち申しておりました」

「大変、嬉しいハプニングでございますな」

「後をお継ぎになる決心を成されたので？」

棒人間のような素っ気なさで世間に興味なしと、孤高の我が道を行く案内人さんなのですが、そんな彼が急に社交場の俗世間に染まったように思えて、私はニヤニヤしちゃいました。

「へぇ、若様だって。普段からそう呼ばれてるの？」

「うるさいな、俺はこの呼ばれ方が苦手なんだ」

「いいじゃない、贅沢な悩みでしょ」

ちょっと格好良いな、なんて思ったり。彼の横にいると私までもが上流階級の姫様になった気分。ま、私は全然関係ないんですけどね。

「して、そちらの女性は？」

「ちょっと親父に会わせる用事があってな」

「そうでしたか、やはり！」

寸劇のように、使用人達が諸手を挙げて一斉に仰《の》け反《ぞ》りました。

「ご結婚でございましたか！」

「琥珀色の、とても美しい髪をしていますな」

「漂う雰囲気が、どこか人間離れしておられるような……いや、大事の前では些細なこと、たとえ妖怪であっても目出度《めでた》いことには変わりありません」

玄関一帯は、てんやわんや。大騒ぎも大騒ぎ、人混みの正面に立っているお婆さんに至っては感極まって泣き出す始末。

「まさか戻って来てくださったばかりか、このように花嫁まで連れて来なさるとは。婆やは嬉しくて、嬉しくて、もう思い残すことは何一つありません。あとはせめて、この命が尽きる前に早く孫の顔も見せてくだされば良いのです。それで子供をこの手に抱かせてくだされば良いのです。さらには――」

「お菊《きく》さん」

案内人さんは頭を掻いて困っていました。

「あなたの孫じゃないですって。そもそも結婚じゃなくて――」

「まあ、なんです、その酷いおっしゃりようは。婆やにとっては孫も同然ですよ。ちなみにそちらのお嬢様、わたくしは長年ここに使えております、菊、と申しますが、あなたのお名前は何とおっしゃいますか？」

「え、あ、私は薫です、けれども」

「薫さん、こんな所に立たせておくのは何ですから、どうぞ奥へお上がりなさってください。お前達、何をぼさっとしているのですか、若様と薫様の結納の準備を早く進めなさい」

「待て待て」

案内人さんが慌てて制止します。

「お菊さん、結婚の挨拶とかではなくて」

「あらまあ、駆け落ちですか。お嬢さんが狐であるから、玄桃斎様に反対されることを見越してのことなのですか。よろしゅうございます、若気の至りは婆やも嫌いではありません。では今晩にでも夜逃げの準備を――」

「用事があってわざわざ来たのに、早速、逃げてどうする。この女性は玉藻家の令嬢さんだ。あの三月さんの孫だよ」

一同が驚愕して、口を大きく開けました。

「まさか、裏伏見の鳥居の件で？」

「親父に封印を解いてもらおうと思ってな」

「それはまあ――」

皆が顔を突き合わせます。

「相当に、大変なことで」

いずれにせよ、大事のようでした。

玄桃斎さんに会うために、境内《けいだい》の端にある表座敷へと向かっています。

老舗料亭《しにせりょうてい》のような大玄関を抜けると、木造の長橋が湖の上に回廊となって続いていました。清澄な水面《みなも》に緑の蓮《はす》の葉が浮かび、桜のように鮮やかな桃色の花が咲いています。桜蓮《おうれん》の黄色い柱頭には白や黒のアゲハ蝶が羽を休めて、しっとりと青い湖に馴染んでいるのです。

湖に幾つも浮かぶ、宏壮な神殿。

一際目立った荘厳華麗な中央の建物が気になって、私が入りたそうに首を伸ばしていたら、案内人さんが中を見せてくれました。とても広い大広間があって、朱色の柱が何本も立ち、複雑に材木が入り組んだ高い天井から吊り下げられた沢山の行燈《あんどん》が、部屋全体を美しく照らしています。

「綺麗。それでいて凄く広い。ここは何の部屋？」

「特別な祭典の時に一般開放するんだが、五神札《ごしんふだ》の決勝戦でもよく使ってる」

五神札《ごしんふだ》とは、私はあまり詳しくはないのですが、ポーカーと花札と術を融合させた独特の競技で、権威ある遊戯として度々、京都で大会が催されています。術が使えないと成り立たないので、私はやったことがありません。

「陰陽師が得意なんだっけ。やったことあるの？」

「これでも端くれだからな。一度だけ大会で優勝したこともある」

「凄っ！　じゃあ一番強いんだ」

「それはない、一番強いのは俺の親父。優勝者は名人と戦う資格を得るんだが、親父がその名人で、優勝した年に親父とここで戦った。しかしまあ、全く相手にならなかった。それっきり、五神札《ごしんふだ》はもうやってない」

「ふうん、強いのに勿体ないね」

　案内人さんがこの広間で、札を床に投げ付けている情景を思い浮かべました。彼も勝負事に熱くなったりするのかな？　いや、きっといつものポーカーフェイスで決勝の舞台に挑んで、いつもと同じ無表情のまま敗北を受け入れたことでしょう。でも、「負けたから、もうやらない」ってことは、何だかんだで悔しかったのね。クールに見えて、ちょっと熱いところがあるみたい。

　じゃあ、お父さんの玄桃斎さんって、どんな人だろう。

現代陰陽師であり、五神札《ごしんふだ》の最強名人であり、案内人さんのお父さん。名前からして頑固そうで、実際にその通りのようですが、お菊さん達のような温厚な方々が付き従っているのだから、全くの不義理な人ではないのかも。

「どうして、お婆ちゃんは嫌われたのかな？」

「親父のことか？　三月さんのせいじゃない。俺と、妹のせいだ。親父は人とアヤカシが馴れ合うのを嫌っていてな。俺が後を継がずに案内人をしているのが気に入らんと」

「そうなんだ……」

後継者問題で揉めているみたい。だとすれば複雑。珍しい話ではありませんが、代々の系譜が途絶える無念さと、自由に仕事を選びたい個人の尊重は、常々、相反する事柄なのです。

「じゃあ、妹さんの方は？」

「そっちは……俺よりも厄介、と言うより見捨てられたに近い。実は、妹は結婚するんだが――」

「わあ、おめでとう！　って、なんで結婚で怒るの？　すっごいチャラい感じの旦那さんだったとか？」

「それならまだいい。いや、良くはないが、人間同士なら勝手にしろ、くらいで終わったろう。妹は裏町に住む気でな、アヤカシと結婚する」

「ええっ⁉」

それはマズイ、と、具体的に何がどうマズイのか理論的に理解しなくとも、感覚的にヤバいと即座に察しました。


——大のアヤカシ嫌い。


このフレーズを思い出した時、ああそうかと、納得が後から追い抜きました。

「乙葉《おとは》は、一度決めたら引かないからな。口論が極まって、終いには勘当されてしまった。三月さんは俺達を応援してくれる立場だったから、親父の勝手に巻き込まれた」

「そっかぁ……他所《よそ》の家のことだもんね」

お婆ちゃんは優しいから、アヤカシとして仲を取り持ったのかもしれません。デリケートな家庭事情に首を突っ込んだ反動で、玄桃斎さんを怒らせたのかも。

でも、お婆ちゃんの気持ちは分かる。

跡継ぎのことだって、結婚だって、当人達の自由にさせるべき。あまりにも道から外れていたら心配して諭すのは親としての務めかもしれないけど、陰陽師の血筋である案内人さんが、表と裏を繋ぐ仕事に従事していること。

とても素晴らしいと、私は思います。

それに――

これは別の側面での引っ掛かりですが、形式を重んじつつも調和を重視している社の造りを眺めていると、皆さんが言及するような玄桃斎さんの人物像とは、どうにも一致しないのです。理解力や柔軟性のない人が、こんな素敵な場所を管理できるのかなぁって。


けれど、相当の頑固者であることは、思い知らされました。

五神札《ごしんふだ》の決勝戦に思案を巡らせた後は、私にとっての戦いの舞台が待っていました。

東の社の二階に通され、ずうっと襖《ふすま》が何重にも続く和室を幾つも通り抜けた先の畳座敷で、案内人さんと料亭机を正面にして並んで座りました。あれだけ多くの襖《ふすま》を通過して来たのに、正面にはまだ襖《ふすま》が。十や二十くらいの和室が縦に繋がっているらしく。

巫女さんが後ろから私達の部屋に入って来ると、机にお茶と茶菓子が置かれ、私はそれらをじいっと見つめました。

黒塗り茶碗には抹茶《まっちゃ》、深紅の皿には生八ツ橋が二つ。

出された物はいただいても良いはず。しかし、玄桃斎さんが登場する前にモチャモチャと食べていては下品。でも、早く食べたい。案内人さんが先に食べてくれれば私も遠慮なく食べられるのに、彼は黙って正座したまま動こうとしません。

乙女心よ、彼に通じよ。

お菓子を食べたい、食べたい。

だから先に食べて、食べて。

「何だ、そんな険しい顔して。親父に会うのに緊張する気持ちは分かるが、あまり身構えても仕方がない」

彼に念力は通じませんでした。先程まで緊張していたのは事実ですが、今は八ツ橋に意識を向けている私です、彼との以心伝心はまだまだ遠く。

生八ツ橋に視線を注ぎ過ぎて視界がぼやけ、この世に生八ツ橋と私以外は存在しないのではないかと思えるくらいに見つめ続けていると、正面の襖《ふすま》がガラッと横に滑り、生八ツ橋の皿の向こうに白い足袋がぼやっと見えました。

見上げると、厳格そうな男性が立っていました。

黒羽二重《くろはぶたえ》に袴の礼装和服、鼻の下と顎には立派な髭を蓄えています。顎を指でさすりながら膝を曲げて私達の正面に座ると、じろっと太い眉の下の目で案内人さんと私を交互に睨みました。案内人さんと同じように男性の右目は青く光っていて、その圧力に私の耳と尻尾の毛が痺れます。

間違いなく彼が案内人のお父さん、玄桃斎さん。

「狐を連れてきたか、玉藻の孫娘だな。だが妖力は感じない、人間社会に随分と染まっていると見える。そうは言っても妖怪は妖怪、よくも私の前に寄越したものだ、晴《はる》彦《ひこ》よ」

「別にいいだろう、アヤカシなんて珍しくもない」

「世間はそうであっても、この場所はそうはいかん。妖怪禁制にしておるのに、わざわざ祈念石を娘の首に預けてまで連れて来たからには、余程の要件なのだろうな？」

「試すような言い方はよしてくれ、親父なら既に分かっているはず。わざわざ言う必要はない」

「お前の目論見など分かっているのは当然だが――」

玄桃斎さんが大きく息を吸い込みました。それから、「喝っ！」と叫ぶと、隣を風が突き抜け、私の髪が巻き上がったのです。

突風に目をつぶり、薄眼を開けて恐る恐る左を見ると、そこに案内人さんの姿はなく、一つ後ろの襖《ふすま》を隔てた和室で、案内人さんは数珠《じゅず》を正面に構えてこちらを見据えていました。

「要件があるならお前から話せ。お前のそれは、およそ親に対する口の利き方ではない」

玄桃斎さんが我が子に凄みました。

「親父のそれも、息子に向ける覇気ではないだろう。俺でなかったら遠くにまで飛ばされてるぞ」

案内人さんも、いつもの調子で反論しています。何事もなかったかのように彼は私の横に戻って来ると、またムスッとした空気が辺りを支配しました。案内人さんの抹茶《まっちゃ》と生八ツ橋は遥か後方に吹っ飛んでしまい、後ろの部屋では女中さんが慌ただしく片付けをしています。

私の生八ツ橋は無事でしたが、当分、茶菓子に手を伸ばせそうにありません。口も手も出す機会を見い出せないままに、交互に親と子の顔を見比べて、睨み合った彼らに合わせるべきかと、私も難しい顔をしてみました。

「親父、鳥居の件で来た」

やっと、案内人さんが口を開きました。

「俺を破門するなり勘当するのは勝手だが、これ以上、三月さんに迷惑をかけるのは止めてくれないか」

「偉そうな口を」

玄桃斎さんは相変わらず、髭をさわさわと揉んでいます。

「玉藻との約束を果たしたに過ぎん」

「一方的な取り決めだろう、フェアじゃない」

「元凶がよくも言う。お前が後を継いでおれば全ては丸く収まったのだ」

「継ぐかどうかは個人の自由、俺は案内人という仕事に誇りを持ってやっている。それに、陰陽師の理念から大きく外れた道ではないとも思っている」

「ほう、一端《いっぱし》の思想家のようなことを言うが、お前はまだ本質を分かっていない。餅屋は餅屋であるべきであって、似ているからと言って、うどん職人になるべきではない。人も妖怪も、全ての者が清く正しい心を持っているわけではない。時には抑止力として我々のような存在が必要不可欠なのだ。だからこそ、我が家は限られた技術を正しく後世に伝える義務を代々負ってきた」

「世の餅屋が全て家系によって引き継がれるものではないはず。弟子達から有力な後継者を選べばいい。たとえ案内人であっても、世に仇《あだ》をなす人間やアヤカシを裁くことは十分にできる」

　この発言に、玄桃斎さんが細めていた目を剥きました。

「このたわけが！　どのような思いでお前に陰陽道を託したのか、未だに理解しとらんではないか！」

　またも、突風が吹き荒れました。私は咄嗟に眼前の茶碗と生八ツ橋を引き寄せて、母親が我が子を守るかのように腕で必死に囲いました。

「後継者としてお前に全てを授けたのだ、それを手前勝手に乱用するなと何度も忠告したろう。妖怪討伐は家元の陰陽師にのみ許された権利であり、力の行使には慎重な判断を伴うもの。それを聞いたような口で裁きなどと、半人前のお前なんぞが決して口に出してはならんのだ、この大馬鹿者が！」

　私は抹茶《まっちゃ》の茶碗に口を付けました。喉が渇いたからではありません、苛烈な親子喧嘩を前にして、他人への罵倒を傍で耳にして、心臓が激しく脈を打ち始めたからです。私が叱られているわけではありませんが、見知った人が怒られる様を間近で見るのは傷付くもの。私までもが呼吸を荒げてしまったので落ち着けようと、目の前の茶碗に救いを求めたのでした。

「玉藻の婆さんが何を吹き込んだのかは知らんが、お前は昔から分を弁《わきま》えない悪癖がある。冷静な判断を養うために妖怪とは距離を置けと散々言ってきたはずだ。だからこそ裏京都に行くべきではないと言ってきたのに、それをお前も、乙葉も、兄妹揃って勝手な真似ばかりをしおって。乙葉は取り返しのつかない愚かな決断をしたが、まさかお前までもが私を裏切るとは思わなかったぞ」

「妹は……別にいいだろう。アイツこそ俺と違って、何も悪いことはしていない」

「いいや、乙葉は決してこの家の敷居を跨ぐことは許されない。それだけのことをしでかしたのだから。それも全て、あの忌々しい婆さんが碌《ろく》でもないことを吹き込んだからに違いない」

「あ、あの〜」

お婆ちゃんの話題に波及してきたので、私も口を挟みました。

「私の祖母は、いったい何をしたのでしょうか？　玄桃斎さんが鳥居に結界を張ったと聞きましたが」

玄桃斎さんは髭をさする手を止めて、じろっと私を傲然《ごうぜん》と凝視しました。凄みで私の両肩が、体の中心に寄ってきます。

「薫さん、でしたな。如何にも、私が封印した」

「どうしてですか？　陰陽師さんは悪さをするアヤカシを討伐されると聞いていますが、

祖母は危険な振る舞いをしたのでしょうか」

「そういった類《たぐい》のことではない。私はあなたのお婆さんに、息子と娘を裏京都へ連れて行かないようにと何度もお願いをしてきた。それにも関わらず、息子ばかりか、大事な娘を裏京都へ連れて行きおったからだ」

「三月さんのせいじゃない、俺達の望んだこと」

「お前は黙っておれ。今は玉藻のお嬢さんと話をしておる――さて、薫さん。不肖の息子がどこまで説明しておるのかは知らぬが、ご存知の通り我が家は陰陽師として呪術や占術、天文学の知識を用いて古来から世の政《まつりごと》に深く関わってきた。妖怪退治も平和な人の世を守るための責務の一つであり、人の世に仇《あだ》をなす邪鬼が現れた時は強制的に幽世《かくりよ》へ送り返すのも、我々の務めとして代々受け継いでいる」

「ええ、それは存じております」

「昔は陰陽道が広く普及しておったが、明治の世以降、術を扱える人間はごく限られた者を残すのみとなった。希少な存在となった陰陽師が妖怪と深く馴れ合ってしまっては、いざ討伐せざるを得なくなった時に本懐を果たせないという使命感から、昨今の我らは妖怪とは適度な距離を保つことにしている。だからこそ裏京都の訪問を禁忌《きんき》としてきたのに、こともあろうか、あなたのお婆さんは案内人として出過ぎた真似をした」

「お婆ちゃんが案内人？」

「おや、ご存知ではなかったかな？　バカ息子の前の裏町案内人が、あなたのお婆さんなのだが」

玄桃斎さんの口から、衝撃の事実を知らされました。

思考が一時停止します。

横にいる案内人さんの先代が、お婆ちゃんで、玄桃斎さんは息子の跡継ぎ問題と娘の結婚問題で口論していて、お婆ちゃんは二人を応援したらしく、けれど玄桃斎さんは陰陽師で、私はキツネだから、つまりはタヌキじゃない？

情報が錯綜して私の頭が混乱をきたしたので、これまでの話を脳内で整理することにしました。

案内人さんは父親に反発して妖怪退治をする陰陽師を継ぐことを拒絶し、人とアヤカシが手を取り合う案内人の仕事を選びました。

先代の案内人は私のお婆ちゃん。

もしも彼の進路選択にお婆ちゃんの口利きがあったのだとすれば、玄桃斎さんに怒りの矛先を向けられてしまったのは想像に難くないところ。

さらに、妹の乙葉さんについては——

乙葉さんは今、何処でどうしているのかは知りませんが、アヤカシと結婚した後に裏町で暮らすことを選んだらしいのです。この手筈も、お婆ちゃんが整えたのだとすれば——

「もし子供達を裏町に案内した場合、裏伏見の玉藻神社を封鎖するぞと忠告はしていた」

これが玄桃斎さんの述べる約束事であり、言い分です。

私は、しばらく悩みました。

残った抹茶《まっちゃ》を飲み干して、こめかみを一休《いっきゅう》さんのようにぐりぐりして、目頭を押さえて思案に暮れました。

職業選択の不自由について思うところはありましたが、ここで私が他の家の都合について口を挟んでも火に油を注ぐだけ。意見を求められた場合にのみ客観的考察を述べるに留めるのが吉とは思いますが、生来から黙っていられる性分ではないですし、何よりも私のお婆ちゃんが囚われの身となっているのだから、やっぱり他人事と割り切ることは絶対にできません。お婆ちゃんが横入りしたから、というのが玄桃斎さんの主張ですが、一方的に突き付けられた約束事を破ったことに対しては、非はあるのでしょうか？

表と裏の京都を行き交う方々が問題を起こさないように監視しつつ、裏町を案内するのが案内人の役目。相手の親から案内を拒否するように頼まれたとはいえ、保護者が必要になる子供ならいざ知らず、彼らはもう自立した大人でした。

大人には大人の対応を。お婆ちゃんは至極、当たり前の責務を全うしたに過ぎません。

きっと私が同じ立場でも、そうしたと思います。子の判断を叱るのは親の自由かもしれませんが、彼らはもう幼子ではないのです。自分の家の問題に対する怒りを、職務に邁進した他人に向けるのは間違っています。

だから、そう反論しました。

跡継ぎ問題で万人の通行の自由を妨げるのは、行き過ぎた行為ではありませんか、と。

それまではアヤカシ嫌いとはいえ、比較的、私には穏便に接してくれていた玄桃斎さんでしたが、この発言を契機に、明らかな敵意を突き刺してくるように。

「他人の家の事情に絡んできたのは、そちらが先であろう」

「どちらが先かどうかなんて、些細なことだと思います。祖母は人間、アヤカシ、共に分け隔てなく平等に接しただけです。玄桃斎さんは市役所の方が意向に反して正当な手続きで処理を遂行したとしても、不当だと主張して制裁を加えるのですか？」

「それとこれとは別の事柄、仮定の話をしても何にもならん。私は妖怪に睨みを利かせる立場であり、彼らに甘く見られて増長されてしまっては、いずれは武力行使に繋がるやもしれん。不必要な争いを未然に防ぐのが抑止力であって、我が家の威厳は保たれねばならんのだ。本来であれば土御門屋も認めてはおらぬし、案内人の拠点そのものを封鎖しても良かった。それを裏町の神社だけに留めたのだから、感謝をされて然るべきであろう」

「そんな……では私の祖母は、威光の見せしめにされたことになりますが」

「否定はせん。だが、やむを得ない措置であった」

「私はただ、自分の家族に、お婆ちゃんに会いたいだけなのですが」

「諦めるがいい。それに責めるなら隣の男に言え。ソイツが土御門屋を解体して戻って来れば良いだけのこと」

「もし土御門屋を解体されたら、裏町への案内人さんがいなくなりますけど」

「そこまで責任は持てん。元は玉藻のやっていたことだ、孫娘の君が継げばよかろう」

「家族に会いたいだけなのに、それを阻害するばかりか、どうして私達の未来までも、あなたが全部決めるんですか！　絶対にオカシイですよ！」

「いきなり大きな声を出すな、馬鹿者！」

本日、三度目の突風。

三度目の正直との言葉がありますが、その言葉通りに、遂に私に向かって吹き付けられた暴風に、あっけなく私はすっ転びながら襖《ふすま》を一つ、二つ、三つ、四つも通り過ぎて、相当に後ろの部屋まで飛ばされてしまいました。

腰をさすりながら起き上がると、目の前に転がった黒塗り茶碗と深紅のお皿。

抹茶《まっちゃ》は既に飲み干していたのです、空になった茶碗の中身に犠牲はありません。が、あれほど食す機会に恵まれなかった生八ツ橋にはまだ手を付けていなかったのです。何処へいったのかと見渡してみると、さらに一つ後ろの部屋の畳の上に、生八ツ橋が二つ、仲の良い夫婦が強制離反されたように虚しく転がっていました。

ぐぬぬぬぬ。

すっ飛ばされた怒りと生八ツ橋を皿から落とされた怒りが同時に襲い掛かり、耳と尻尾を逆立てながらまずは後ろへと向かい、むぎゅっと二つの茶菓子を握って口に造作なく放り込み、くちゃくちゃと頬を膨らませながら己の体重を二倍に増したかのようにドスドスと足音を響かせて、玄桃斎さんに強面で詰め寄ってやりました。

バンッと机に両手を突いて、

「大声を出しにょるのは、そっちでしょ！」

肝心なところで、噛みました。

「黙れ、妖怪風情が！」

あちらも、ドンッと、拳を机に振り下ろしました。また風が吹きますが、必死に畳のへりに足を引っかけて耐えます。

噛んだのをスルーされたのは救われましたが、これ以上、負けてはいられません。

「妖怪かどうかなんて関係ないじゃないですか！　私はお婆ちゃんに会いたいんです！」

「知らん、馬鹿息子に言え！」

「封鎖しているのは案内人さんじゃなくて、玄桃斎さんでしょ！　私はお婆ちゃんに会いたい、だから封印を解いてください！」

「ならん！」

「会いたい、会いたい！」

「ならん、ならん！」

「分からずや、この髭バカ頑固オヤジ！」

「黙らんか、跳ねっ返りキツネ娘！」

「かっこつけダンディ中年！」

「ダンディ中年……褒めておるのか貶しておるのか、分かりづらい悪口を言うな！」

「絶対に私は引きませんからね」

「こちらも引くつもりはない」

「じゃあ、永遠に話し合いが続きますね」

「永遠になど続かん、私はこれで失礼させてもらう」

「逃げるんですか、逃げたら私の勝ちです」

「そんなルールはない！」

「たった今、私が決めたんです！」

「それに従う義務はない！」

「あ～、もう分かった、俺が折れる」

案内人さんの溜息と諦念に、首元を掴み合っていた私と玄桃斎さんは同時に彼に視線を移しました。

「俺が案内人を辞めれば良いんだろ。これ以上、玉藻家にも、三月さんにも迷惑をかけたくはない」

「ほほう、ならばお前が戻って来るということで良いな？」

「不本意だが仕方ない」

一人の若者の決意が失われようとしていました。

彼が望んで家を継ぐ覚悟をしたのならば、私が口を挟む余地などありません。ですが、私のお婆ちゃんを救うために、彼は自分の決めた進路を諦めようとしているのです。

お婆ちゃんと、案内人さん、虜になっているのはどちら？

おそらく両方でした。

息子が元凶だと言い張る玄桃斎さんですが、玄桃斎さんこそが原因だと私は思うのです。

この結末には納得がいきません。

何としても決定を覆す必要がありますが、直ぐに良い案が浮かんでは来ず。

どうにか事態を好転させようと、咄嗟に私の口から出た言葉は、

「では、五神札《ごしんふだ》で勝負します！」

唐突で無謀な挑戦でした。

勇猛果敢に指を差してやったものの、カボチャのように素《す》っ頓狂《とんきょう》な顔をしたご両人、言っている意味が分からんと呆けています。私達三人は、まるで一枚の絵になったかのように静止して――

遥か後ろの部屋では、女中さん達が転がった茶碗と皿をせっせと片していました。

第六章　決闘！　五神札《ごしんふだ》

　ここしばらくは魅惑でいて、不思議でいて、絢爛《けんらん》たる世界と建造物に目と心を奪われ続けていたのですが、今はのっぺりとした何の変哲もない、ただの一般人の居住空間、つまりは実家の居間で寝そべっている私。

　真夏の暑さでダレた犬のように脱力満載に顎を畳のヘリに乗せて、うわごとのように「どうしてこうなったのかな」と繰り返していました。

「アンタが馬鹿だからでしょ」

　母の無情の一言が頭上を掠めていきます。

「よりにもよって、あの玄桃斎さんに五神札《ごしんふだ》で賭けをするなんて。七並べとか、カルタとかにしておけば良かったのに」

　母の不満は、鳥居が封鎖されていることに対して私が勝負を挑んだことではなくて、選んだ競技に対して。

「ハルさん、すみませんね。この娘《こ》の無謀な無鉄砲に、あなたの将来の進路まで託すことになって」

「いえ、いいんです」

いつもは胡坐の癖に、こんな時だけは礼儀正しく正座で茶をすすっている案内人さんです。

「元はといえば私の家の問題だったので。それを三月さんばかりか、娘さんまで巻き込むことになってしまい、申し訳ありません」

「薫はいいんですよ、いつだって勝手にトラブルを抱えて帰ってくるんですから」

否定はしませんが、親というのはどうして他人の前だと我が子をひたすらに貶めるのでしょう。

「ほら、薫。ぐ～たらしていないで、特訓なさい。勝負は来週なんでしょ」

「だって、よく分かんないんだもん」

「吹きこぼれた後の鍋に蓋をしても、今更どうしようもないでしょ。やると決めたからには全力で挑む、それが玉藻家の家訓なんだから」

「今日、初めて家訓を知りましたけど」

五神札《ごしんふだ》は、ポーカーと花札と術の三種を組み合わせたものだと聞いています。

ポーカーは私も知っています。

花札は何となく知っています。

術は知らないし使えもしませんが、私と案内人さんの二人三脚が認められたので、術に関しては案内人さんが担当してくれます。

私の役目はポーカーと花札のセッション部分、そんなに難しくはないだろうと高《たか》を括っていたのに、説明を聞いてみると相当に複雑な遊戯でして。「誰が考えたんだ、こんな遊び」と不平を述べて不貞腐《ふてくさ》れて、今に至ります。

「平皿の湯葉みたいになっていても仕方ないだろう。もう一回説明するから早く起き上がってくれ」

成り行きで玄桃斎さんに私と案内人さんの二人チームで挑むことになりましたが、案内人さんは五神札《ごしんふだ》で優勝経験のある猛者《もさ》です。彼が単独で戦った方が良さそうなのに、

「俺の思惑は前回の戦いで全て親父に読まれている。何度やっても負けるのは必須。むしろ素人であるアンタの方が、親父に一矢報いるかもしれん」というのが彼の見解。

素人がいくらやっても勝てない相手だからこその玄人だと思うのですが、これは札勝負で運の要素を含む競技なのだから、度胸が物を言うことも往々にしてあったり、なかったりするのだとか。

「今度は実際に札を使いながら解説しよう、その方が分かりやすい」

――五神札《ごしんふだ》の基本ルール。

一、互いに八枚の持ち札が配られて、取札となる山場と、札を捨てる捨場から成る。
八枚の札で役を揃えて勝負をするゲーム。

二、札入れ替えをする場合は、一枚捨てて、一枚引く。最大で八回まで繰り返される。

三、先に役を揃えた側は、『勝負宣言』ができる。

四、相手に『勝負宣言』された側は、受ける、降りる、続行の三つから選択する。
勝負を受けた場合は、役の高い方が勝ち、負けた側は役に応じた点数を支払う。
降りた場合は、場代のみを支払って負け。
続行した場合は『月下推敲《げっかすいこう》』と言い、札入れ替えを互いに継続する。
この時、先に『勝負宣言』をした側はアドバンテージとして、さらにもう一枚、
札交換が認められる。

五、八回目の札入れ替えを最後に、強制的に勝負となる。最後の八回目での勝負は
『完全燃焼』と名付けられ、特別に倍払いとなる。

だいたいこういう感じです。ここに術式戦が加わるのですが、もう、この時点で頭がパンクしているので理解は後回し。

実戦練習で覚えることにします。

目の前に置かれているのは、真四角の赤と金色の盤。中央の円形に五芒星《ごぼうせい》が描かれており、これは陰陽五行の盤だそうですが、五神札《ごしんふだ》勝負でのフィールドとなります。案内人さんが指をパチンと鳴らすと、盤の脇に積まれている銀色の山札が宙に浮いて、私と案内人さんの手元に綺麗な絵札が八枚ずつ、飛来しました。札が自分から来るなんてキテレツですが、もう、こういうのには慣れっこ。

八枚の手札を眺めました。

色は全部で五種類あるそうで、五神となる青龍《せいりゅう》（木・緑）、朱雀《すざく》（火・赤）、麒麟《きりん》（土・黄）、白虎《びゃっこ》（金・白）、玄武《げんぶ》（水・黒）を模しています。まあ、トランプで言うところのクローバーやハートみたいなものです。水が黒色なのは、ちょっと慣れないかも。

勝負の場には、これら五つの属性のいずれかが都度、定められていて、場と同属性の札が選ばれやすいとのこと。今の場は麒麟《きりん》の土だからでしょうか、私の手札は黄色ばかりになっていました。偶然ではないのです。ここから不要な札を一枚だけ捨てて、補充された札で役を作る。

役一覧表に目をやりました。

いろいろあって、覚えられない。

一番、シンプルで、そこそこ点数が高い役は『手札の色を染める』こと。では素人らしく、単純明快に『黄一色』に染めてみることにしました。

「じゃあ、黄色で染めてみるね。これからどうすれば良いの？」

「互いに一枚ずつ入れ替えだ」

「別に入れ替えたくない時は？」

「そのままが良ければ入れ替える必要はない。山場から引けるのは最大で八回。役を先に揃えた方が勝負宣言できる」

黄色以外の札を一枚捨てると、代わりに一枚、山場から札が手元へ飛んできました。

「だめ、赤色が来ちゃった。場は黄色なのに」

「そういうもんだ、ただの確率だからな。ちなみに俺は安い役だが、麒麟《きりん》の一二三《ひふみ》が揃った。これで勝負宣言しよう」

「もう勝負？　私は役なし、ポーカーでいうブタだから、私の負けってこと？」

「勝負を受けるか、降りるか、続行の三択ある」

先に役を揃えた側は、任意のタイミングで勝負宣言できるのですって。ここで私が勝負を降りれば、場代だけを支払うことで被害を最小限に食い止められます。もし勝負を選択すれば、役の強い方が勝ちで、負けた側が役に応じた点数を支払います。

ちょっと特殊なのは、『続行』という選択肢があることです。

勝負宣言をされた側が『月下推敲《げっかすいこう》』と宣言すれば勝負は続行となり、お互いに札交換を継続できます。

つまり、早く勝負宣言した側が必ず勝ちになるというわけではなくて、最終的に高い役を積み上げることが目標となります。

勿論、ただ続行になるだけでは先に勝負宣言をした側に何もメリットがありませんから、勝負宣言をした側は、通常は一枚のところを、二枚、札を入れ替えることができます。

「基本はこんな流れだ。まずは役を揃える、揃ったら勝負宣言をする。宣言をされた側は、受けるか、降りるか、続行かを選べる。合計で八回まで交換したら、『完全燃焼』、という呼び名で強制勝負になる。『完全燃焼』での勝負は二倍払いになるから、続行ばかりで最後まで勝負を長引かせるのは得策ではない」

「負けそうなら、途中で降りろってこと？」

「一度、続行を選べば、もう最後まで降りることはできない。最初の時点で負けそうなら降りるべきで、もしも手札を高い役にまで伸ばせる自信があれば続行する。続行したものの、どうにも役が伸びる見込みがなければ、もう負けるのを分かった上で勝負を受けて、傷の浅いうちに終わらせる」

「ふ～ん、結局は早く役を揃えて宣言した方が有利なんだ……あ、役が揃ってないブタの状態でも、ハッタリで宣言できたりする？」

「問題ない」

「ええ？　それじゃあ――とりあえず最初に揃っていようが、いまいが、宣言しちゃえば良いじゃない。仮に相手に続行されたって、自分は二枚引けるんだから有利でしょ」

「そんなに単純じゃない。ダウトを見抜かれる。この競技では『正直の頭《こうべ》に神宿る』と言ってだな、相手に『神宿り』と言われて嘘を見破られたらペナルティ払いになって、そこそこ高い点数を失う羽目になる」

「ははあ……ハッタリの勝負宣言を見抜く駆け引きの要素もあるってわけね。ここまででも十分にややこしいのに、さらに術の要素が加わるんでしょ？」

「術は互いの場の流れを縛り合うものだ。水の流れを止めたり、木を焼いたりして、相手に流れる札の色を制限し、自分の欲しい色の札を手に入れやすくする。けれど、ここはあまり覚える必要はない。俺が臨機応変に対応するし、何よりも――」

案内人さんは一呼吸置いてから、自信満々に、

「術勝負で親父に勝てる奴なんてこの世に存在しない。俺がやってもほぼ負けるから気にするな」

とても頼りない宣言をしました。

それから幾度となく案内人さんと模擬実戦を繰り返して、段々と要領を得てきました。

札で作る役には連動性があって、花札や麻雀《マージャン》をやる人だと分かるそうなのですが、単一で完成になる役と、育てる役に分類されます。

例えば、私が最初に目指そうとした黄一色染め（正確には麒麟《きりん》一色だそう）。八枚全て黄色に染めるわけですから、完成した時点で変化の余地はほとんどありません。精々、より強い数字に変える余地が残されているくらいです。

それに対して育つ役というのは、花札で言うところの三光《さんこう》（特定の三枚を揃える）から四光、それから五光へと移り変わるように、この五神札《ごしんふだ》でも、三神《さんしん》（五つの神札のうち、三つの神札を手に入れる）から四神、そして五神という流れのこと。手代わりの可能性を秘めた役で勝負宣言をした後に、さらに高い役へと育てていくのが理想の勝ち方

となります。

特に五神は、青龍《せいりゅう》、朱雀《すざく》、麒麟《きりん》、白虎《びゃっこ》、玄武《げんぶ》の絵札を全て手に入れた状態を指し、例外役を除いては最も点数の高い役になります。それと比例して難易度も最高峰で、術式を用いて欲しい色を意図的に手繰り寄せでもしない限りは、偶然と豪運の両方を伴わねば揃いません。

この五神こそが玄桃斎さんの得意とする役だそうで、三神から四神、五神へと繋げる完成された必勝パターンを武器に、最強名人として君臨しているらしく。

ちなみに五神より強い例外役は、特定のゴミ札ばかりを八枚揃えた『傍目八目《おかめはちもく》』という名の役。先程述べた、他に変化する余地が全くない役で、最高難易度であると共に、失敗すれば役無し（ブタ）になるリスクが多大にあるため、この役を戦略に組み込む人はいないそうです。

◇◇◇

練習を重ね続けて、一週間が過ぎました。

早くも決戦前日の夜がやってきます。

私は寝室として使っている和室の窓際スペース、広縁に置いてある椅子に腰掛けながら障子を開き、夜空に浮かぶ月を眺めていました。今の心境を表したかのように月は大きく欠けています。正面の小さなテーブルに置かれた団子を頬張り、随分と遅い十五夜の甘さに身を浸して。

――月にウサギがいる理由は知っていますかな？　おや、知らない？　おかしいですな、伝承によるとあなた方、狐もこの話に関与しておったように思いますが。

裏京都で出会った蛙男さんが言っていた台詞を思い出しました。

あの欠けた月の向こうから、私と同じように狐達がこちらを見ているのかな。

裏町のお婆ちゃんも、同じ三日月を見上げているのかな。

私は物寂しさに襲われそうになった時、夜空に浮かぶ蒼然たる月に想いを巡らせるのです。この世にどれだけ多くの人が住んでいようとも、就寝前はたった独りだけの世界に隔離されます。仮に全ての存在がひっそりと消えてしまっても、寝室のベッドでうずくまっている私は気が付かないでしょう。本当に自分以外の誰かも、同じように夜更けに起きていて、考えごとをして、孤独な時間を過ごしているのかな。

取り留めのない寂しさを抱いて焦燥に駆られると、私は決まって布団から這い出して窓から月を見上げるのでした。家々の屋根を越えて、雲を敷いて光る月を見た時、決して孤独ではないと確信を得るのです。きっと他の誰かも、多くの他人も、私と同じ希望を眺めて、情愛を抱いているのに違いないと。

「俺にも団子をくれ」

案内人さんの声でした。

彼は私とテーブルを挟んで正面の椅子に座り、団子をパクリと頬張ります。五神札《ごしんふだ》の訓練期間中、案内人さんは自身の務めを終えると私の実家に戻って来て、二人で夜中まで特訓をするのです。随分と奇妙な関係になったもので、もう一週間も同じ屋根の下の、同じ部屋で寝ています。

他人からすれば妙な勘繰りを入れられそう。

でも、互いに明日の勝負に勝ちたいと真剣に取り組んできたのだから、下世話な感情など湧きようもなく、ただただ、一つの目標の成就のために研鑽《けんさん》を積み重ねてきました。

「ねえ、私……明日、勝てるかな？」

「さあな」

「もし勝てなかったら、どうなるかな？」

「さあな」

「もっと真面目に答えてよ、他人事じゃないんだから」

「他人事じゃないからこそ、気にしたってしょうがない」

気にしても仕方ない、は彼の口癖でした。世捨て人のように世に無関心に見える彼ですが、無表情の裏に秘めた決意と信念は揺るぎなく。

他人のために裏町を案内するのが彼の役目。いつだって自分のことは後回しで、周りの人のことばかりを気にしている彼ですから、自分の身に降りかかる困難はどうでも良いと言うのです。

彼に比べると、私は弱いキツネでした。

弱いからこそ、感情を留めておくことができず、他人から自分を壊されまいと声を荒げて、威圧することでしか自己を保てないのです。

「私ってどうしようもないね。自分から勝負をけしかけておいて、弱音ばかり吐いて」

「そうか？　俺は感心したがな。親父に喰って掛かった時、あんな芸当を——京都界隈でやってのける奴は初めて見た」

「それだけ私が無神経ってことじゃない？」

「無神経と言うより、無遠慮と言うべきだな」

「もっとダメじゃない、他人に遠慮しない我儘キツネってことでしょ」

「闇雲に腹を立てただけなら、そうかもしれん。だが、理不尽な事柄を前にして抗《あらが》った結果なら、決して手前勝手ではない」

「でも負けたら、みんなの未来を変えられない。むしろ悪化してしまう。あなたも、妹さんも、お婆ちゃんも」

「三月さんは是が非でも解放しなければならないが、乙葉のことは気にする必要はない。勘当されようが乙葉は結婚するし、きっと裏町でも楽しくやっていける」

「でも、あなたの未来は？　案内人を辞めるのが決定的になっちゃう。私が無茶な提案をしたばかりに」

「独りで全てを気負う必要はない、負けたら負けたで次の手を考えるだけ。三月さんの封印は何としても解くし、約束通りに陰陽師を継ぎつつも、案内人の仕事も存続させる」

「家を継いだら、案内人稼業を続けるのは無理じゃない？」

「継いでしまえば、こっちの勝ちだろ？　新しいルールを定めてしまえばいい。俺の代から陰陽師は案内人も兼任すると言ってやるさ」

「わあ、ズルい。お父さんが聞いたら——きっと怒るでしょうね。でも、それでいいかも」

肩の重荷が、すっと下りたような気がしました。

為せば成る、成るように成る。

どんな苦難や厄災に見舞われようと、私は、私の道を堂々と闊歩《かっぽ》してみせる。

弱気になって忘れていた家訓が、守護霊が憑依するかのように舞い戻ってきたのです。

「そうは言っても、できれば勝ちたいね」

「勿論、傲然《ごうぜん》と構えている親父に一泡吹かせてやるつもりさ」

私は再び、窓の外の月を眺めました。

やっぱり独りではないと、そう感じました。


晴明町近辺に隠された、華胥《かしょ》の国への出入り口。

この領域には平時は関係者以外、立ち入ることはできませんが、五神札《ごしんふだ》の決勝戦では無礼講となります。五神札《ごしんふだ》は陰陽師の専売特許ではなくアヤカシも得意とする競技ですから、アヤカシの入場が例外的に認められるのです。

わざわざ決勝戦の舞台に陰陽師の神殿を用いるのは、一般人の目に触れぬようにするための処置なのだとか。表の京都でアヤカシに騒がれては、たまったものではない、と。

また、名人である玄桃斎さんと戦いますので、陰陽道の当主には敵わないという歴然とした力の差を見せつける目論見もあると聞きました。

今、水辺の大神殿は、異例のチンドン騒ぎに包まれています。

正式な大会でもないのに、類を見ない程多くの個性豊かなアヤカシ達が、まるで百鬼夜行のようにゾロゾロと押し寄せているのです。

元凶は私。

狐のうら若き（そして美しい）娘が陰陽師の息子を従えて、アヤカシ嫌いとして長年名を馳せている、あの最強名人を相手にするのですから――

これで話題にならないはずはなく。

当人達の意向は無視されて、一大イベントとして盛り上がってしまったのです。

通年のアヤカシ訪問客は玄桃斎さんが怖いのか、競技者の応援に訪れた家族、友人、知人や、一部のコアなファンに留まっていますが、今回は有象無象の野次馬達が『赤信号も皆で渡れば何とやら』の不浄なる精神を携えて荒波のように迫ったものだから、受付の巫女さんは大変な狼狽と困惑で頭を抱える羽目になって。

いくら無礼講とはいえ、こんなに多くの裏住人の入場を許して良いものか、巫女さんは、しばし葛藤していたようですが――

押し寄せる観衆の熱波を抑える術を心得ず、もうどうにでもなれと受付嬢が諦めを吐露したのと同時に禁忌《きんき》のダムが盛大に決壊。氾濫した土石流の如く、アヤカシ達が列を成して本殿へと殺到したのです。

気が付くと、私は舞台付きの神輿《みこし》に担ぎ上げられて。

花吹雪が舞い散り、笛や太鼓の音色が躍り、猫や狸の遊女が美しい幻想光景を描いて、私の背中には、

『日本一の恐れ知らず、アヤカシ代表、キツネ娘』

鬼退治の桃太郎旗印よろしく、ド派手な幟《のぼり》が大袈裟に立てられていました。

私は赤面の湖に身を投げた思いで、両手で顔を覆いっぱなし。応援してくれるのは嬉しいものの、限度って大事。

「ホンマ、久しぶりに来たけど綺麗な所やわ、幽玄で優艶やねぇ。薫の無謀な挑戦が終わったら湖畔《こはん》に座って、お酒をのんびりと楽しみたいね」

「絶佳なる風景ってやつだな、祭りを見届けたらさ、適当に風呂敷を広げて、桜月夜を背負ってパーッと騒ごうぜ」

湖の上の回廊に賑わいを運ぶ神輿の前で妖艶《ようえん》な舞いを魅せる高千穂と、神輿の担ぎ手

の一人となっているアヤメさん。他人事の成せる業と言わんばかりに、好き勝手にはしゃいでいます。

「いいよね、気楽でさ。みんなで騒ぐだけ騒いでるけど、戦う当人は大変なんだから」

「まあそれも、薫さんの魅力によるものですから」

後方の高みから声を掛けるのは銀狼の真神さん。彼は神輿の屋根の先端に重力を捨て去ったかのように胡坐をかいて座り、遠くの空を眺めていました。

「玄桃斎さんに五神札《ごしんふだ》で賭けをするなんて、前代未聞なのですよ。私も不謹慎ながら、楽しくて仕方がないです」

「でも私、まだ勝てるイメージがちっとも湧かないんです」

「どうか自信を持ってください」

真神さんが、屋根からふわりと私の横に飛び降りて来ました。

「五神札《ごしんふだ》には勢いと度胸が大事です。正攻法で玄桃斎さんに勝てる方などいません。もしあの方を打ち破れるとしたら、それは薫さんのような怖いもの知らず以外にはあり得ないでしょう。見えている物事だけに囚われないこと、取り得る最大の手を追い求めてください。躊躇《ちゅうちょ》なき一打が、きっと勝利へと導いてくれます」

以前に見せてもらった中央の大神殿に行列ごと押し入ると、私は朱色に光る大広間の真ん中に座ることになりました。

会場は人間とアヤカシで真っ二つに勢力が分かれています。

目の前の五行盤を挟んで名人が座るであろう奥側には、高僧、陰陽師見習い、巫女さんに、烏帽子《えぼし》を被った高貴な方々がずらりと正座しています。

対して私の後ろはアヤカシ勢。盤を半月状に囲むようにして、錚々《そうそう》たる顔ぶれが座っています。

巫女さんから出された湯飲《ゆの》みに手を付けると、すっと空気が少しだけ揺れて、案内人さんが私の斜め後ろにやって来ました。

先程の乱痴気騒ぎは何処へやら、会場はしぃんと静まり返っています。

こんなに大勢が一つの会場に押しかけているのに、静けさがもたらす透明な高鳴りが、きぃんと耳を襲い、緊張で鼓動が脈を打ち、その音までもがハッキリと聞こえました。

やがて、奥側の人間一同が一斉に床に手を突いて頭を下げると、玄桃斎さんが戦国の覇者であるかのように悠然と、儼乎《げんこ》たる態《てい》で姿を現しました。

身に纏《まと》う覇気は凄まじく。

妖力が乏しい私でも、玄桃斎さんから青い気が発せられているのが分かりました。手足が痺れ、体が後ろにおののき、盤の近くにまで寄っていた後ろのアヤカシ達が一斉に引いていきます。

「あのオッサン、やべぇな、相変わらず」

傍にいたアヤメさんが離れ際に、そう呟いていました。アヤカシらしいアヤカシ程、玄桃斎さんの覇気をまともに感じるようです。人間社会にすっかり傾倒している私は、妖気や術力に鈍感で助かったのかもしれません。

「随分と五月蠅《うるさ》い連中を大勢引き連れて来たな」

玄桃斎さんが会場内を見渡しています。

「晴彦、薫さん。内輪の恥を一興の戯言《ざれごと》で済ませようとしたが、噂に尾ひれが付いて、もはや酔狂などとは言っておられなくなった。名人として全霊でお相手するが、それでも良いか」

「無論」

案内人さんが答えました。

「覚悟や良し。では見届け人はそちらが選べ、全力とはいえ公式試合ではない。好きな者を指名するが良かろう」

見届け人とは審判のような立場です。それほど難しい裁定を必要としませんので、ルールを把握していれば誰にでも務まります。

「こっちで選ぶんですか？　う〜ん、どうしようかな」

後方にいる高千穂とアヤメさんに目を合わせましたが、二人とも「ルールなんて雰囲気でしか知らないぞ」と口パクで言いながら手を振って拒否しました。

「じゃあ、真神さんはどうかな？」

「アイツは競技者寄りだし、決勝の常連になるほどの手練《てだ》れだ。心情的にはコッチ寄りだろうから公平さを欠いてしまうかもしれん。なあ、蛙さん。アンタはルールを知ってるよな」

案内人さんは『アマモリ』に所属している蛙男さんに声を掛けました。この方は裏町で私を勧誘した詭弁家さんです。

「勿論、存じておりますぞ」

「では、お願いしたい」

「かしこまった」

こうして盤の周りには、私と案内人さん、正面には玄桃斎さん、盤の真横に蛙男さんの四名が座ることとなりました。

蛙男さんが日の丸扇子をばっと広げます。

「では、双方共に技と胆力を携え、剛毅果断《ごうきかだん》に挑まれよ。事前の取り決め通り、ルールはどちらかが降参するか、互いの持ち点がなくなるまで。それではこれより五神札《ごしんふだ》を開幕いたす！」

蛙男さんの宣言と共に、八枚の手札が飛んできました。

緊張の第一戦目。

場は朱雀《すざく》、赤色に期待できそう。

しかし手札を見た限りでは五色混ざってバラバラ、いわゆるゴミ手でガッカリです。

ここは赤以外の色を捨てて整理し、一二三のような数字の並びを目指すのが無難かな。

一枚捨てて、赤を引く。

また一枚捨てて、赤を引く。

点数の低い役ですが、二回目の交換で朱雀《すざく》の四五六《しごろ》が揃いました。玄桃斎さんの手もあまり良くなかったのでしょうか、相手からの勝負宣言はまだ来ません。

先手必勝、先んずれば人を制す。

「ここで勝負します！」

「……降りよう」

私の意気盛んな勝負宣言に、玄桃斎さんはアッサリと引き下がりました。相手が降りたので役の大小には関係なく場代のみを手にします。

まずは一勝。

「第二戦目、開始！」

盤上の全ての札が山札に吸い込まれ、また新たに八枚の手札が飛んで来ました。

思いの外にサクサク進んでいきます。

盤には白虎《びゃっこ》の絵柄が、つまり白色が手に入りやすい。今度は場属性の恩恵を多大に受けたのか、私の手札には最初から白が五枚も。

早くも勝負所、もしかすると八枚全部を白で揃えられるかもしれない。

「流水《りゅうすい》、土生金《どしょうごん》！」

案内人さんが早速、動きました。『流水《りゅうすい》』は流れる水を導くが如く、土生金《どしょうごん》は土を掘ることによって金属を得ることを意味し、つまり簡単に言えば、術が成功すれば白色の札のみを得ることができるのです。

こういった術の駆け引きが五神札《ごしんふだ》の最大の特徴で、運だけでは勝てない要因です。

これに対して玄桃斎さんが、

「止水《しすい》、火剋金《かこくごん》！」

火は金属を熔《と》かす、こちらの術を咎めにきます。

術と術の宣言がぶつかったので術式戦に移行し、案内人さんと玄桃斎さんが、お互いに山札とは別の術札を一枚引きます。

「私は百獣の王」

「……俺は不動明王だ」

――おおっ！

案内人さんの強運に会場がどよめきました。術式戦は引いた術札の力が大きく左右します。案内人さんの不動明王は最強の部類に属し、おそらく玄桃斎さんと言えども札の力の差が大き過ぎて、今回はこちらが勝つでしょう。

「百獣、剛を用いよ」

「憤怒尊《ふんぬそん》よ、砕破《さいは》！」

二人の術札から獅子と不動明王の光が放たれ、猛烈に火花を散らしながら衝突すると、天高く獅子の絵札だけが吹き飛びました。

「俺の勝ちだ、金を得て更なる利を得る」

案内人さんが術で勝利したことにより、私の手元には、これより白色しかやってきません。さらに相手はカウンターに失敗したので、こちら側が一枚多く札を引くことができます。

目論見通りに悠々自適に手が進むと、数回の札交換で八枚全てを白色に染め上げることに成功し、またも勝負宣言で勝ちを得ました。

これで二連勝。

「やるやないの、薫、ハルさん。ええよ、その調子」

「そのまま連打で倒してやれ！」

幸先の良い結果に、高千穂とアヤメさんも嬉しそうに声を張り上げています。

ただ、私の勝負に玄桃斎さんがちっとも乗って来ないのが不満。せっかく役を揃えたのに二回とも場代を得ただけ。ポーカーにしてもそうですが、伸るか反るかの勝負事というのは互いに良い手が入っていないと、相手が早々に降りるから成立しないのです。

互いに手札を育てて競い合った上で、最終的に勝つのが理想形。

まあ、そう上手くはいかないか。

今は流れが非常に良いと判断した私は、この後も強気に攻め続けました。

相手からの勝負宣言に対して臆さずに、声高《こわだか》に『月下推敲《げっかすいこう》』と叫んで続行を選択し、不利な状況からの逆転劇も演じてみせました。術勝負も思いの外に順調で、案内人さんが無難に勝ち続けた結果です。

あまりの出来過ぎに、怖いくらい。

もしかしてこのまま楽勝だったりする？

贅沢な心配に慢心して浮かれていたのですが、五戦目あたりからでしょうか、玄桃斎さんが急に不穏な動きを見せ始めたのです。

「勝負する」

札が配られた途端の、玄桃斎さんの勝負宣言。

まだ一度も入れ替えをしていないのに、最初から役が揃っていると言っています。この時は自分の手札がイマイチだったので、素直に降りて場代を払うことにしました。

さあ、気を取り直して次の戦い。

と思った矢先に。

「勝負」

またも、配られた途端の勝負宣言。玄桃斎さんは声を荒げるでもなく、表情を変えるでもなく、淡々としています。玄桃斎さんはまた役が揃っているとのことですが、ツキがあちらに傾いてしまったのでしょうか。

うーん、何もしないままに連続で降りるのも悔しい。

続行しようかな？

いや、下手に競って序盤に培った勝ち点を吐き出すのは勿体ない。今回もこっちの手札はイマイチなのだから、流れに従って降りるべき。

ここも降ります。

次こそは、私に良い手札が来て欲しい。三回連続でアッチにばかり運が偏りはしないはず。

そう思ったものの……

「勝負」

三度連続の開幕勝負宣言を受けて、さすがに猜疑心《さいぎしん》を抱きました。二度あることは三度あると言いますが、いくら何でもオカシイのでは？

「ねえ、どう思う？」

小声で案内人さんに耳打ちします。

「配られた時点で役が揃うのなんて、三回も続くかな？　ハッタリで宣言していると思わない？」

「分からん」

「え～、もうちょっとアドバイスしてよ、初心者なんだから」

「事前に決めたろう、札勝負に関してはアンタの直感に任せると。下手に俺が介入しても判断がブレるだけ。真実は手札を知っている相手にしか分からないんだから、直感を信じるしかない」

「そうだけどさ……あ～、よく分かんないよ」

降りて支払うのは場代だけ。そうは言っても三連続でチマチマと点を取られるのは辛い。これ以上黙って見過ごし続けるのは愚策のように思います。

え～い、ここは度胸！

三回も偶然が続いてなるもんですか！

「神宿り！　嘘でしょ、その宣言。役無しに決まってる！」

人差し指を突き付けて、大声で言ってやりました。勢い余って握っていた手札まで、盛大にばらまいてしまったけど。

「神宿り宣言ですな」

蛙男さんが言います。

「では玄桃斎殿、手を見せてくだされ」

ゆっくりと開かれた玄桃斎さんの手札は――

青龍《せいりゅう》、麒麟《きりん》、玄武《げんぶ》。

三枚の神札を揃えた、三神。

「神宿り成らず、です。薫殿は三神役の倍付け払いとなります」

「まだまだ青いな」

不敵な笑みを浮かべる玄桃斎さんに私は唖然とし、何も言い返すことができませんでした。

何処かで役の揃っていないハッタリ宣言をされたはず。ただ、明確に何回目だったのかは分からない。ハッタリで宣言できることが、こんなにも厄介だなんて。

「勝負だ」

ハッと我に返ります。迷いの沼に足を取られている私の思考が切断され、体がビクッと反応しました。

「えっと……何ですか?」

「薫殿、もう次の戦いに入っています。玄桃斎殿からの勝負宣言ですが、まだ薫殿は手札を見ておらんようですな。どうしますか?」

五行盤に目を落とすと、場に一枚も札が捨てられていません。またしても札交換なしの勝負宣言、これで四度連続。

いくら何でも馬鹿にしてる！

次こそは絶対に嘘、四回も続くのなんてオカシイ！

真実と虚偽を巧みに折り混ぜて、私を翻弄する作戦なのは明白。さっきは失敗したけれど、嘘八百も失敬千万《しっけいせんばん》、裁きの鉄槌と言わんばかりに今度も『神宿り』を申告してやる！

「その勝負宣言、神……かみ？」

「うん？　いかがされた、薫殿？」

声を止めました。

また違っていたら倍払い、という恐怖心からではなく、まだ見ていなかった自分の手札が目に入ったからです。三日月と半月の札。ここに満月の札が入れば『名月』という役になります。先程の『三神』には負けない、急ごしらえの役なら蹴散らせる強手です。

「いいえ、月下推敲《げっかすいこう》です！」

「ほう、続けるか。もう降りられんぞ」

「それは勝負をけしかけた玄桃斎さんも同じでしょう？　ハッタリだろうと、仮に手が入っていようと、私は一向に構いません」

「なるほど、追い詰められて覇気に満ちてきたな。では、そろそろ名人たる所以《ゆえん》を見せようか」

玄桃斎さんの右目に青い炎が宿りました。

眼球が燃え、鬼火が玄桃斎さんを囲うように輪になって回り始めます。私の体が少し浮いたような錯覚がして、横に目をやると、蛙男さんがブルブルと震えていました。もしやと思って振り返ると、あれほど元気溌剌《はつらつ》としていたアヤカシ達が力無く俯いて、床に寝そべって倒れる方まで続出。

「何が起きているの？」

「青眼《せいがん》だ、親父の」

案内人さんが険しく眉間に皺を寄せて、汗をかいています。

「限られた者のみが扱える代物で、術力が膨れ上がる。妖力を持つ者程親父の化け物じみた圧力に強烈な悪寒が走るはずだ。もう俺が術式戦で勝つのは厳しいだろうな」

「でも、あなたの右目も青いじゃない。それってお父さんのと同じ瞳なんでしょ？だったら同じのを使えば――」

「俺は初めから使っている、親父が使っていなかっただけ。まあ、諦めずにやれることはやるさ。おそらく親父は三神狙いを基本戦法にしてくるから、術を積極的に仕掛けてくるだろう」

「流水《りゅうすい》、水生木《すいしょうもく》！」

案内人さんの予想通りに、玄桃斎さんが仕掛けてきました。

「止水《しすい》、金剋木《ごんこくもく》！」

咎めようとしましたが、案内人さんの術札が天井まで吹き飛びました。今回、案内人さんが引いたのは『金剛夜叉《こんごうやしゃ》』。相当強い部類なのに、呆気なく術で敗れ去ったのです。

今までだったら勝てていたのに。

「金剛夜叉《こんごうやしゃ》だと慢心しおって、晴彦よ、脇が甘い。さて、勝負宣言は既にしておるがどうされるかな？　この回で負けを認めるのかな？」

「術で札の流れを引き寄せたからといって、そんなに直ぐには揃わないわ、まだ続行よ！」

いずれ相手に三神は揃えられてしまうでしょうが、あくまでコッチは『名月』狙い。白虎《びゃっこ》の満月さえ手に入れば、立場は逆転するのです。

そのはずだったのに――

「禁忌《きんき》、火剋金《かこくごん》！」

またも玄桃斎さんの術が成功し、私は喉から手が出る程欲しかった白虎《びゃっこ》札を封じられてしまいました。これでは満月の札を得ることは、もう叶いません。私の手は所謂《いわゆる》、死に手となったのです。

今から新たな手代わりを目指すのは現実的ではない。かといって続行を選択したのだから、もう降りることもできない。

かくなる上は、

「もう続行しません……ここで勝負を……受けます」

相手の役が更なる高みに到達しないうちに、傷の浅いうちに、役無し（ブタ）で勝負せざるを得ませんでした。負けるのが分かっているのに勝負をしなければならないなんて、大変な屈辱。

「玄桃斎殿は三神、薫殿は役無しです。玄桃斎殿の勝ち」

——あぁっ。

後方から溜息が洩れました。会場のアヤカシ達も、楽観ムードから悲観的になりつつあるようです。

嫌な流れに飲まれないうちに、勢いを取り戻さなきゃ。

拳を力強く握って意気込みはしたものの、ここからは散々たる結果ばかりが続くことに。

玄桃斎さんの三神、四神、さらに五神。

術も運も、全てが負けるわけではありません。案内人さんが善戦した恩恵で勝ちを拾うこともあるのですが、いくら細かい点数を得ようとも、玄桃斎さんはここぞという場面で三神から五神へと高い役に繋げるので、一発で点数を引き離されてしまうのです。

私の持ち点が徐々に目減りし、どうにも不味いと、アヤカシ達の声援が動揺へと変わります。「どうすれば」や、「やっぱり無理だ」などと、消極的な発言ばかりが重たい空気に溶けてゆくのです。

何か奇策はないものか。

こうなったら私もハッタリを使うしかない？

嘘は嫌いと頑なに変なプライドを抱えて、律儀に『嘘の勝負宣言はしない』という独自ルールを守ってきたのですが、相手は（おそらく）ハッタリ宣言を使いまくっているのですから、私ばかりが損をするのはあまりにも理不尽。

ついに、赤信号を渡ってやる決心をしました。

ハッタリ宣言で降ろさせても得るのは場代だけ、信念に反する代償には到底見合いませんが、駆け引きの競技では心理的に弱気になることが一番の害悪なのです。開戦当初の自信を取り戻さねば、決して勝利の女神は微笑まない。

「ここで勝負します！」

どの場面でハッタリ勝負宣言しても良いのです。それならばと、見破られにくいように三回目の札交換後に役無しで勝負宣言をしました。動揺などしていないはず、良い手が入っていますよと自信たっぷりに言ったはず、これでバレるわけがない。

「ふむ……神宿りだな」

「……え？」

まさか、と思いました。

「その手、嘘だろう。神宿りだ」

「おっと、ここで玄桃斎殿も神宿り宣言ですな。では薫殿、手を見せてくだされ」

当然、私の手はブタに決まっていました。統率を欠いた札模様で、様式美すらもない残念な手札。ですが、それを知っているのは私だけなのです。ハッタリだって今まで一度も使ってこなかったのに、一発で見破るなんて。

「どうして……私が役無しだと分かったんですか？」

「場を見てみろ。そんな捨て札で何を強気に勝負しておる。捨て方が異様だ、まともに手を作っているとは思えん」

「……あっ」

言われて初めて気が付きました。私の捨てた場札を見れば、たいした手なんか入っていないのは丸分かりだったのです。焦って突っかかっただけだと、完全に見透かされていました。

付け焼刃の練習も、場当たり的な対応も、名人の前では悉《ことごと》く無意味。

玄桃斎さんに全否定された心境に陥ります。

会場は競技が始まる前のように、また、しぃんと静まり返っていました。膝が床を擦る音も、溜息すらも、何も耳に入らないのです。

起死回生のハッタリすらも通用せず、弱気に拍車が掛かります。

どうすればいいの？

戦法を変えないと点数をズルズルと失って負けるだけ。目には目をの精神で、こっちも五神狙いで大きく点を奪いにいくのが得策？

でも、玄桃斎さんより早く五神を揃えられる？

術で操作されるのに？

……ダメだ、同じ戦い方をしては、速度で劣る私が圧倒的に不利。

やっぱり実力に差があり過ぎた。何をしたって、この人には勝てっこない。

「ゴメンね、私、ダメかもしれない……何も打つ手がないよ。せめてもっと善戦したかったけど、本当にゴメンね」

直ぐ後ろにいる案内人さんに、申し訳なくて謝りました。彼は負けても良いって言ってくれたけど、これで彼の将来が決まるんだもの。不甲斐ない結末を迎えることになって、罪悪感が重たくのしかかって、私はガックリと肩を落としました。

自信損失と共に役無しの手札を、力無く、バラバラと床に散りばめます。

「何やってんの！」

意気消沈して身を縮めた私の背中に、会場を突き抜けて、遠くの山にまで響いたかと思う程の大きな声が発せられました。

「最後まで頑張りなさい！　やると決めたからには全力でしょ！」

声が前面の壁に跳ね返って木霊《こだま》します。後方を見据えると、アヤカシの群衆の中にいる母が、拡声器のように両手を口に添えて叫んでいたのです。

「いつもの図々しさは何処へいったの？　せめて全てを出し切りなさい。諦めて降参なんかしたら、絶対に許さないからね！」

「お、お母さん……」

「そうやわ、薫、最後まで頑張りよ！」

「負けたらアタシがカタキを取ってやらぁ！」

「薫さん、まだ可能性はありますから、どうか上を向いてください！」

――頑張れ、頑張れ！

玄桃斎さんの力に押されて一度は離れた皆が、沢山のアヤカシ達が、私達に近寄ってきました。

――頑張れ、頑張れ！

声援の波と一体化して、私と案内人さんを囲みます。

「薫ちゃん、聞こえるかい？」

右手から優しい声がしました。正確には右腕から頭に波紋のように声が響いたのです。

握っていた拳を開いてみると、掌の上に、小さな緑色の淡い光が灯っていました。

「独りじゃないよ、下を向いたらアカンよ」

……そっか。

そうなんだ。

お婆ちゃんも、裏町からずっと見ていたんだ。


ただ、一点に狙いを定めました。

五神を目指して、歯を食いしばって、喰い下がって、それでも役の強さで玄桃斎さんに及びません。けれど他の役になど目もくれず、ひたすらに五神を目指したのです。

「皆、同じ道を辿る」

勝勢を確信したのか、玄桃斎さんは勝負が始まった頃に比べると随分と饒舌に語るようになりました。

「最初は手なりに進めて調子付くが、やがて私の五神に屈して小細工を弄《ろう》するようになる。それも通じぬと悟ると、今度は遮二無二《しゃにむに》、自らも五神を狙って対抗しようとするのだが――」

「玄桃斎殿は五神、薫殿は四神です」

「結果は明々白々、培われた手の読みと術勝負の圧倒的な実力差を前にして、ジリ貧になるのは自明の理だ」

言われっぱなしで悔しくないと言えば嘘になります。ですが、愚直に勝負手を目指すしかないのです。訪れるであろう機会を待って、抗う他にはありません。

「玄桃斎殿の五神を受けて、薫殿はもう点数がほとんど残っておりませんぞ」

長期戦向けのルールが幸いし、未だ命を繋いでいましたが、絶望的な点差を前にして、越えねばならぬ山の頂は、遥か雲の上にまで聳え立っています。

蒔《ま》かぬ種は生えぬ。

この言葉を思い出しましたが、種は確かに蒔《ま》いたのです。一矢報いるための希望を土に埋めたのです。次戦か、その次で私の点数は尽きてしまいますが、人事は尽くしたのですから、後は天命を信じて待つのみ。

「第二十戦目、開始！」

「そろそろ終わらせようか、勝負！」

粘りに粘って、二十回目の戦い。

私にとっての、最後の勝負所を迎えました。

三度目の札交換を済ませたところで、先に玄桃斎さんの勝負宣言。ここで続行を選択すればさらに玄桃斎さんの手が有利に進みますが、合計八回の交換を終えるまでは、私にもチャンスが残されているのです。

「薫殿、勝負宣言です。どうしますか？」

「当然、月下推敲《げっかすいこう》します！」

「あくまで五神には五神で対抗するか。よかろう、私も全力で応えよう。欲しい色は……ふむ、まずは玄武《げんぶ》であろうな。禁忌《きんき》、土剋水《どこくすい》！」

「対抗する。刮目《かつもく》、金生水《ごんしょうすい》！」

「ほう、やはり玄武《げんぶ》が欲しいか――臨兵闘者《りんぴょうとうしゃ》、斯尽灰滅《しじんかいめつ》！　土は水を濁し、玄武《げんぶ》を封ずる」

対抗した術式戦で負けてしまい、五神の一つを、玄武《げんぶ》の札を完全に封じられました。これでもう私は、玄武《げんぶ》の札を山札から引くことはありません。

「四回目の札交換を終えました。薫殿、どうしますか？」

「まだやれるわ！　月下推敲《げっかすいこう》！」

「続けるのは結構だが、玄武《げんぶ》を封じたのだ、五神はもう成らんぞ。降りれば次戦まで生き長らえるというのに……では続いて四神も封じるとしよう。念には念だ」

ここで二度目の術式戦にも敗退し、青龍《せいりゅう》も封じられます。

一回の戦いにつき術宣言は三回まで。

あと一度だけ、こちらからでも術の仕掛けが可能です。

「今度は俺から仕掛ける。流水《りゅうすい》、土生金《どしょうごん》」

「度重なる術戦で既にボロボロであろうに、よくも向かってくる。晴彦、成長は誉めてやろう――では、白虎《びゃっこ》を封じる」

三度、術で負けました。

執拗に五神を目指し続けて。

玄武《げんぶ》を封じられて。

青龍《せいりゅう》を封じられて。

さらに白虎《びゃっこ》までも止められました。

私の引ける札は朱雀《すざく》と麒麟《きりん》の二種類だけ。

これでは五神どころか、三神すらも成り立たない。

けれど、私達は勝負を諦めてなどいません。

「……やっと実ったな、薫」

「うん、ありがとう、ハル。私の狙いを察してくれて」

「当たり前だ、ずっと後ろから見続けていたからな。ここで薫が何を狙っているのか分からなかったら、パートナー失格だろう」

「では六回目の札交換に入ります。双方、札を――」

「ここで手札をオープンするわ！」

私は八枚の手札を表向きにして盤上に並べました。手札を露わにすることにルール上の意味はありませんが、これは私の決意表明なのです。


——あっ！


盤上の札を見たアヤカシ達から驚きの声が上がります。あまりの大声疾呼《しっこ》に、玄桃斎さんの後ろにいる見習い陰陽師達までもがゾロゾロと中央に集まってきました。

「まさかこんなことが！」

「傍目八目《おかめはちもく》狙いだったとは！」

「ひい、ふう、みい……あと二枚で揃う！」

「一発逆転狙いとは、やるじゃねえか、薫！」

アヤメさんが飛びついてきました。

「見上げた根性、見下げたことは一度もないけど、改めて見直した！」

「まだ揃ってないけどね」

私は少し照れます。

「チャンスは残り三回、それで目的の二枚を引かないとだし」

「欲しいのは朱雀《すざく》のゴミ札に、麒麟《きりん》のゴミ札だろ？　青龍《せいりゅう》、白虎《びゃっこ》、玄武《げんぶ》が来ないんだからさ、引ける流れだろ」

私は飛んできた札を間髪容れずにオープンしました。

火山の絵札、欲しかった一枚です。

「朱雀《すざく》の山札やわ！　これはホンマにいけるわ！」

今度は高千穂も引っ付きます。高千穂とアヤメさんに左右を固められて、大変動きにくい。

「交換は残り二回です。薫殿、ここで勝負か、降りるか、それとも——」

蛙男さんも興奮しているのか、声が震えていました。

「いちいち聞くな。薫は続行するに決まってんだろ！」

「都度、確認するのがルールでして。それでどういたす、薫殿」

「勿論、続けます」

——月下推敲《げっかすいこう》！

一つの言葉が会場を埋め尽くしました。気が付けば、お坊さんも、巫女さんも、全員が叫んでいたのです。声が盤を中心に広がって、壁が波を打ったように見えました。

ですが、残念ながらここで足踏み。

麒麟《きりん》の三日月の札。欲しい札と属性は一致していますが、狙いのゴミ札ではありません。

——あ〜あ！

一斉に皆が額に手をやって、床に倒れ込みます。人とアヤカシがドミノ倒しのようにパタパタと円模様を作って、風に揺れる稲穂のように輪を形成しました。

「しかし、あと一回ある」

「これは麒麟《きりん》が来る流れだ」

「八回目で成れば凄いこと」

「まさに前代未聞！」

会場は興奮の坩堝《るつぼ》と化し、最後の『月下推敲《げっかすいこう》』に万人の期待が最高潮に膨れ上がっています。太鼓のように両膝を両手で打ち叩く音が鳴り響き、会場全体が揺れています。

私も静かに震えていました。

興奮ではなく、怖くなってきて。

私にできるかな？

最後の最後で、ダメになったりしないかな？

「気負うな、薫」

そんな私に、おそらく全てを察しているであろうハルが右肩にそっと手を置いてくれました。

「自分の力と、三月さんを信じろ。必ず成せる」

「……そうだね」

私はもう、弱いキツネじゃない。みんなの声が、私を強くしてくれた。

お婆ちゃん、私に力を貸して！

「月下推敲《げっかすいこう》！」

飛んできた最後の一枚を受け取ると、右腕を天に昇らせ、掌を返し、目を強く瞑りながら力強く盤上に叩き付けました。

取り囲んだ観衆が一つの穴を覗き込むかのようにして身を乗り出し、札の絵柄に視線が注がれます。

しばらく時間が止まっていました。

固唾を呑む音がして――

「ごっ……ゴミ札……麒麟《きりん》のゴミ札で……傍目八目《おかめはちもく》の完成……八回目の完全燃焼の勝利で、玄桃斎殿の二倍払いとなります！」

――わあああ！

悲鳴に近い歓声が、唸りが、喜びが神殿を通り越えて、山を抜け、京都を震わせて、裏町にまで響いたかと思える程の狂喜乱舞が飛翔しました。

愉快に躍り出たお爺さんが灰を撒くと、桜の花びらが会場中に蝶のように羽ばたき、雪女の降らせた雪に混ざって屋内は雪月花の様相を呈し、お坊さんは尺八、巫女さんは笛、アヤカシは太鼓を取り出してのチンドン騒ぎ。人もアヤカシも諸手を挙げて踊り狂い、私は騒ぎの渦に飲まれて担ぎ上げられました。

「やった、やった！」

バンザーイと、野球の大会で優勝した時のような胴上げで宙に舞います。

「みんな、ちょっと待って」

沢山の頭を見下ろしながら叫びます。こんなにも会場が悦びに満ちているのは嬉しいのですが、実はまだ勝負は終わっていないのです。玄桃斎さんの積み上げた点数は圧倒的で、まだ尽きてはいないのだから。

それに私には、やり残した大事がある。

胴上げから降りて、急ぎ会場の中央へ目をやると、ハルが既に盤上の札を崩していました。手の届かない私に代わって、傍目八目《おかめはちもく》が揃った手札を、山札や場札に隠したのです。

私は皆さんに失礼して、ハルの元へと駆け寄ります。

「玄桃斎さんは？　姿が見えないけど何処へ行ったの？」

「親父は奥へ引き揚げた」

「どうして？」

「名人たるもの、咄嗟にイカサマを見抜けなくて不覚だから負けで良いとさ。周りの興奮に当てられたらしい。普段の親父なら妖術で化かされた札に気が付いただろうに、あのオープンは本当に見事だった。自分から衆人観衆の目を惹きつけておいて、まさかイカサマするなんて誰も思わないからな」

「私も、本当にできるとは思っていなかった」

右の手を開くと、もう緑色の光は消えていました。

「やっぱりお婆ちゃんのおかげかな」

最後に引いた札は残念ながら麒麟《きりん》のゴミ札ではなかったのです。引ける可能性は十分にあったとはいえ、必然でない以上、運命はそこまで都合良くはありません。

だから自らの手で未来を変えてみせようと、生まれて初めて使ってみました。キツネやタヌキには可能だって聞きますから。

狐の妖術、変化の術。

成功して何よりでした。

◇◇◇

表京都の伏見には、稲荷山そのものを神域とする由緒正しい神社があります。

これとそっくりな社が裏京都にもありまして、私のお婆ちゃんが住む『玉藻山』の、『裏伏見・玉藻神社』です。

あの勝負から数日後の晩に、私はお婆ちゃんに会うために裏京都を再び訪れました。裏の東大路通《ひがしおおじどおり》を九条まで南へ進み、石垣と瓦屋根の古風なお寺の通りを歩いて、洗玉澗《せんぎょくかん》という名の渓谷に架かる臥雲橋《がうんきょう》で足を止めます。

紅葉スポットとして有名な場所の一つ。

もう冬だから紅葉シーズンのピークは過ぎていましたが、ライトアップされた渓谷がとても美しい。裏町の臥雲橋は広く、座敷になっていました。沢山のアヤカシが飲んだくれて、しゃれこうべが橋の上でゴロゴロと転がりながら談笑しているものだから、気が付かずに頭を蹴り飛ばしそうになりました。

裏の東福寺《とうふくじ》はどんな場所だろうと想像しながら夜道を歩き、裏伏見・玉藻神社の境内《けいだい》に入ると、大きくて立派な楼門《ろうもん》がどっしりと構えていました。朱色屋根に、狐色の壁に、煤けた茶色の柱。実家と同じ配色だと、初めて気が付きました。門の手前には左右に狐の像があって、こちらから見て左側の狐は宝玉を、右側の狐は鍵を咥えているのですが、これは一般的に見られる配置とは左右逆になっています。

正門を潜ると本殿、さらに進むと神秘的な朱塗りの鳥居が隙間なく連なって、石畳の道が長く突き抜けています。裏の玉藻山にも数えきれない程沢山の鳥居が建てられていますが、玄桃斎さんは全ての鳥居に結界を張ったため、境内《けいだい》の移動がままなりませんでした。

お婆ちゃんを含めて、人間以外の全てのアヤカシ達は通行不可になっていたのです。

それでどうして生活ができていたのかと言いますと、ハルが面倒を見てくれたようで、食料などの生活品を届けるために、何度も参道を往復したのだそう。

灯篭の薄明りが照らす神秘的な境内《けいだい》は、先程まで封印されていたせいか森閑としていて、私は広大な敷地を贅沢にも独占しているのですが、もう月夜だから、ちょっと寂しい。

でも、ここは私にとって庭のような感覚ですから、怖くはありません。

鳥居のトンネルを潜り抜けると、奥の院が見えてきました。社の脇にある地図を見ますと、お婆ちゃんの私邸は山頂にあるらしく、山頂に『一ノ峰《いちのみね》』と書いてあります。

まるで表京都の『お山めぐり』みたい。

表では山頂まで辿り着くのに、優に一時間を超えるのですが、こっちではどうなのかな？　子供の頃に山頂まで登った気がするけど、無邪気な好奇心って肉体を鋼に変えますから。運動はもっぱら、イメージトレーニングで済ませている昨今の私では、太ももがパンパンになって項垂れるに違いなく。

表のお山めぐりだと、四ツ辻までがとにかく大変なのだけれど、玉藻山の中間地点は——

なんと、十ツ辻になっていました。

辻って十字路であって、十叉の意味ではないはず。いくら何でも分岐が多くない？　裏町のことだから、きっと十本の道のうち七本ぐらいは無駄な造形だと思うし……

とにかく行ってみるしかない。

私は深呼吸をして気合を入れると、奥の院から左へ進み、小川のせせらぎを聞きながら登って登っての、中途にある社に着いた辺りで――

早々に息が切れてダウン。

もう疲労困憊、こんなの健全な若者には到底、無理。ましてお年寄りになんて……まさか、お婆ちゃんは買い物するたびに山頂まで登っているの？　何の罰ゲーム？

「運動のためにねぇ。ほら、上に作っておくと、嫌でも登るから」

お婆ちゃんなら、こう言いそう。

呼吸を荒げて両膝に手を付いている私の目の前に、一匹の猫さんがいました。鳥居の連なる石段に、ちょこんと座ってこちらを見ています。

あれ、どうして結界があったのに猫がいるのかな？

そうか、アヤカシじゃなくて、普通の猫さんなのかも。

「こんばんは」

「にゃあ」

元気が戻ります。

参道の中途には幾つも茶屋があるのですが、封印のせいか、夜のせいか、おそらく両方が原因で、全部、閉まっていました。休憩ついでに団子を頬張れない悲しみにシクシクと嘆き、白い息を吐きながら、やっと十ツ辻に到着しました。

ここから裏町を一望できます。

ご褒美としての夜景です。光の帯が燦々と輝き、裏京都の上空では一反木綿《いったんもめん》やら天狗やらが縦横無尽《じゅうおうむじん》に駆けています。

立ち止まっていると汗が冷えてきたので、自動販売機で温かいショウガ湯を買いました。

眼前の裏町を見下ろしながら澄んだ空気を胸いっぱいに吸い込み、改めて十ツ辻の広場をぐるりと見渡すと、随分と広い区画になっていました。お茶屋どころか、温泉街さながらで、旅館まであります。

ここも臨時休業中かな？

宿が開いていたら今晩はここで泊まってしまいたい、なんて思ったり。

でも我慢、我慢。

十ツ辻まで来れば、山頂までは直ぐのはず。お山めぐりと構造は似ているはずなのだから、環状線のように参道が一周していて、左右のどちらから回っても三十分くらいかな。

つまり山頂までは、半周の十五分。

そう思っていたのに。

案内板を見ると、山頂までは登りで一時間とありました。

表よりも過酷だとガックリと項垂れ、ショウガ湯をこぼし、旅館を羨望の眼差しで見つめました。

旅館の戸を叩いてみる？

ううん、だめ、だめ。今日中にお婆ちゃんに会うんだから！

宿泊する代わりに、平屋根の下に設置されている足湯に浸かりました。アイスクリームの自販機が傍にあります。冬の足湯にアイスクリームという寒暖コンボで、気力と体力を回復させた私。

さあ、再び登頂を志しましょう。

十ツ辻から分岐する参道を時計回りに進み、三回くらいは道を間違えて戻らされ、これまた沢山の鳥居と神社を経由して、途中で滝の流れを眺めて癒されると、やっとこさ、山頂の一ノ峰に到着しました。

一ノ峰の社の前には──

雅な白装束を着た、長い黒髪の女性が背を向けて立っていました。尻尾がなびいています。後ろ姿で顔は見えませんが、若くて、とても美しい女性のようです。

まさか、ご先祖様の玉藻前様？

彼女は、しばらく背を向けたまま祈っていましたが、私に気が付いたらしく、ゆっくりとこちらへ振り返りました。すると、先程までの妖艶《ようえん》な女性の姿が徐々に薄れて、白髪の、私の記憶から全く姿の変わらない、お婆ちゃんが立っていたのです。

「お婆ちゃん！」

私は石段を駆け上がり、本当に久しぶりに、お婆ちゃんに抱き着きました。

「薫ちゃん、よう来た、よう来たね」

私の頭を撫でてくれます。

背中が丸いせいか、いつの間にか身長は私が追い越していたようですが、子供の頃に抱き着いた感覚と同じで、温かい両腕で包み込んでくれました。

「私、表に行ってから全然……お婆ちゃんに会いに来なかった。人間になりたいって飛び出してから、ずっと裏町のことを忘れていた。自分のことばっかり気にかまけて、裏町で何が起きているのか知ろうともしなかった……お婆ちゃんが辛い目に遭っていたのに……本当にゴメンね」

「ええんよ、どのみち歳でそんなに遠くには行けないんやから。封印されていても、されてなくても一緒。だから謝ることなんてないよ。薫ちゃんがわざわざ、こうして会いに来てくれただけで、お婆ちゃんは凄く嬉しい。しかも封印を解くために、あの玄桃斎さんに挑むやなんて、ホンマによう頑張ったねぇ。薫ちゃんは私の誇り、もっと胸を張ったらええよ」

「誇りって……そんなに大袈裟なことはしていないけど……でも、元気で良かった」

「さあ、中へお入り。薫ちゃんの好きな稲荷寿司《いなりずし》を握っておいたから」

「わあ、お婆ちゃんの稲荷寿司《いなりずし》、懐かしい！」

喜びで私の尻尾が左右に揺れます。

石段の途中で、お婆ちゃんが転びそうになったから――

今度は私が手を繋ぎました。

まだ少女だった頃に、走って転んでしまわぬようにと、手を繋いでくれたお婆ちゃんへの恩返し。お婆ちゃんが嬉しそうに微笑むから、私も嬉しくなって、手を繋いだまま、二人で階段をゆっくりと下りてゆきました。

第七章　京都アヤカシ・デモクラシー

　師走の中頃ともなると、年内の禍根を翌年に持ち越すまいとして、人々は慌ただしく一年間の統括作業に没頭します。特に年始においては長期連休とお祝いムードで頭が働かなくなるため、下手に残作業を抱えたままにしておくと、

「あれ、去年の年末まで何やってたっけ?」

　などと記憶喪失の弊害を受けて、年明け早々から無為な時間を過ごす羽目になるのです。

　この防御策としてOL時代の私は「拝啓、来年の私へ」というタイトルのテキストファイルをパソコンのデスクトップに保存し、年明けにやるべきことをメモしていました。

　私ってば本当に有能な社会人。

　なんて思いきや、翌年にファイルを開いてみたら、仕事関連のメッセージは一向に見

当たらず、

――年末年始で太りましたか？　さあ、今から二キロ痩せるよう、頑張れ、私！

他人事のような努力目標が書いてあるのを見た時は、数日前の自分を殴りたくなりました。

そんな私も今年は無職状態ですから、例年よりも随分と暇になって、世間の慌ただしい雰囲気に取り残されまいと、せっせと動いているフリに余念はありませんでしたが、収益に繋がる作業はこれといってなく、とりあえずは表（お母さん）と裏（お婆ちゃん）の実家の手伝いばかりをしていました。

いつしか冬至が過ぎ、恋人のいないクリスマスを珍妙な裏町で過ごし、そうして大晦日がやって来ます。

年末の昼の表京都は、多くの観光客で賑わっていました。

それが夜にもなると、世間一般の皆さんは家族で紅白やバラエティ番組を観ているのでしょうか、まだ八時頃だというのに随分と閑散とするのです。四条近辺の木屋町や先斗町《ぽんとちょう》界隈はお酒好きの方々で喧騒《けんそう》を残していますが、メイン通りを一つ逸れた途端にコンクリートの建物ばかりが目立つようになって、ひっそりと静かな年明けを迎えます。

平日であれば寂しさと薄気味悪さで早足になるものの、大晦日だけは特別で、これから迎える年明けに私の心は踊っているのだから、夜街を独占した気分にとても楽しくなって。

祇園白川筋の幻想的な通りに魅入り、家々の軒燈の一つ一つに目を凝らすと、ある軒先で猫を象《かたど》った照明を見つけました。ここに住む方が通りを行く人のために趣向を凝らしているのです。私は何処かに置き忘れた小さな幸せを見つけたような気になって、微かな笑みをこぼしました。

北側から花見小路通を南下し、四条通へと合流します。

さすがにこの通りは他と比べると格段に人が多く、広い道路を走る車の列は平常時よりは少ないものの、両脇の歩道には手前勝手な速度では歩けない程に、人で溢れ返っていました。私は人の流れに沿って通りを東へ直進し、八坂《やさか》神社へと向かいます。

今日は『をけら詣《まい》り』の日。

八坂神社の境内《けいだい》の灯篭に移された火を竹で編んだ縄に移して、無病息災を願って持ち帰る風習です。燃え残った火縄を台所に飾るのですが、昔はこの火を種にして雑煮を炊いていたのだとか。

四条通の終点は八坂神社の西楼門《ろうもん》。二階建て屋根付きの立派な朱塗りの門が交差点を渡った石段の先に建っています。祭りは夜通し開催されていますから、をけら火を求める観光客が、境内《けいだい》に立ち並ぶ出店を楽しみにしてきた学生達が、少し早い初詣を目当てに訪れた若き男女が、次々と門の中へと吸い込まれていくのです。

私は邪魔にならぬようにと、門の入り口の隅で留まりました。

ここでハルと待ち合わせ。

裏町へ『をけら火』を届けるために、表の八坂神社にやって来たのです。

が、相変わらず遅い。

しばらく四条通を真っ直ぐに見つめていましたが、黒い塊がこちらに向かって来る気配はなく、立ち止まっていると寒くなってきたので、出店で甘酒でも買おうかと門を潜ってみると。

いました、黒い男が。

私よりも先に甘酒を飲んでいます。

「おう、遅かったな」

「……門の前って言わなかったっけ？」

「だから門の前にいるだろ？」

「それは門の後ろって言うけど」

「俺から見るとコッチが正面になるんだが。まあそれはともかく、これは薫の分だ」

甘酒のカップを一つ、渡されました。

「先に買っといた」

買ってから時間が経っているのか、甘酒は完全に冷めていました。

「……ありがとう」

「夜明けまでに裏町へ戻る必要がある。火を貰いに本殿へ行くとしようか」

冷えた甘酒に口を付ける私を置いて、彼はふいっと猫のように人混みの中に消えてしまいました。

「あ、待ってよ！」

境内《けいだい》は沢山の人の頭で騒然と埋め尽くされています。いくら黒で目立つ服装といえども、彼は直ぐに人波に飲まれてしまい、何処に行ったのか分からない。

本殿までは一本道とはいえ、私を置いて行くなんて酷い。

こんなに人が多いのに孤独を感じます。

背中を押しつ押されつ、ペンギンのようになって歩行の自由がままならない参道をのろのろと歩きました。混雑で進みがあまりにも遅いので両脇の出店をくまなく観察していると、りんご飴やら焼きそばやら、フランクフルトに、じゃがバターなどが私を誘惑してくるのです。

中高生の頃、友達と祭りに出掛けたことを思い出しました。十代の頃に出店で買った雑多な食べ物は、妙にハイテンションにさせてくれる不思議な魅力があります。さすがに大人になると出店で買うことは減ったものの、やっぱり数多《あまた》の出店に囲まれると食欲をそそる香ばしい匂いばかりが鼻を襲ってきて、お腹がぐぅと鳴りました。

たこ焼きくらい、食べたいな。

けれど買っていたら、さらに彼を見失ってしまう。

もう、どうして先に行っちゃうかな？

変な勘は鋭いくせして、こういう時には全く気が利かない。案内人という他人の面倒を見る職業に就いていながら、プライベートでは全然エスコートしてくれない。

魅惑の食料を買うのを諦めた私は、不貞腐《ふてくさ》れて、並ぶ出店を一つ一つ観察しながら人の波に身を任せていました。すると、『をけら火の縄』を売っている店が目に入ったのです。

そういえば火を灯す縄を持っていない。ここで買っておかないと。

「はい、いらっしゃい」

「二本ください」

財布を取り出して火縄を買おうとしていると、急に後ろから、

「おい、何処にいるかと思ったら、こんな所で何してるんだ？」

ぐいっと腕を引っ張られました。

「縄なら既に用意してある、早く先に行くぞ」

人混みからぬっと現れたハルに、何故か私が苦言を呈されました。絶対に私は悪くない、悪くはないのだけれど——

私がこれ以上、人波に攫われぬようにと彼に手を握られて、さらには誰かに背中を押されて彼に引っ付くと、まるで二人の体が一つになったように。

ずるい。

最初から私を置いて行かなければいいだけなのに、この状況では何も言えない。せめて拗ねていることには気付いてもらおうと一人、頬を膨らませても、彼はちっとも振り返らない。

それなのに、握られた手はとても温かくて。

大勢の中で一人になることは、誰もいない街を歩くよりもさらに寂しい。けれど、誰

かと手を繋ぐだけで孤独は消え去り、晴朗な朝日を迎えたような温かい気持ちになれるのです。

どうなんだろう？

私は、どうしたいんだろう？

どう想って、どう想われているのかな？

ちらちらと彼の横顔を見ると、彼は黙ったまま凛々しい瞳で、ただ真っ直ぐ前を見つめています。

答えの分からぬまま自問自答を繰り返し、私達は光の小道をゆっくりと進んでゆきました。


八坂神社の南楼門《ろうもん》を抜けて四条通へ戻ると、祇園町の花見小路通を南へ下りました。石畳の道路脇にちょこんと座って待っている黒猫、『豆大福』に導かれて脇道をジグザグに縫い、雑居ビルにある土御門屋のバーに辿り着きます。

「火を持って戻られましたか」

カウンター越しに髭紳士のマスターが話しかけてきました。店内は純粋にお酒を嗜みに来た方々で満席です。

ちょっとここで休憩しようと思ったのに、残念。

「ゆっくりしようと思ったのにね」

私がハルにそう言うと、

「何を悠長な、消えちまうじゃないか」

少年のような口調と声で返されました。どうにも妙だなと思っていたら、「俺じゃない、ソイツだろ」と、ハルは私が持っている火縄を指すのです。

右手に持つ縄を見ると、『をけら火』を宿して黒く燻《くすぶ》っていた縄の先が、急にボッと燃え上がりました。

「俺だよ、俺。目の前にいるだろ？」

驚いたことに喋ったのは、あの『をけら火』だったのです。

「あなた、話せたの？」

「信じることが、できるのなら」

ボワボワと上下に火花を散らしながら、をけら火さんは禅問答のように言います。

「声を聞ける者と聞けない者がいるが、アンタは聞こえる部類だったらしい」

「へえ、その割には今まで話しかけられたことなんて、なかったけど」

「表で俺と会話したかったのか？　独りでブツブツ言っていたら周りから変人だと思われるぞ」

なるほど、言われてみれば。

「ハルは火に意思があるって知ってた？」

「勿論、知っている。毎年のことだから。まあ、俺は聞こえないことにしているが」

「どうして？」

「ウルサイいから」

「あら、酷い」

火に急かされて土御門屋を出ます。相変わらず裏口は銭湯のボイラー室に繋がっており、銭湯を出て路地を抜け、裏町の東大路通へ出ました。

コッチは大晦日に限らず、常に騒がしい。

寝る時以外は自宅でのんびりする習慣を知らないのか、通りで立ち止まって雑談に没頭しながら酒をひっかけている方々ばかり。どうやら年明けを道路で迎えるつもりのようで、通りに面する軒先では、店員さん達が正月のために門松やら、しめ縄などの飾り付けをしている真っ最中。私が台の上に飾られた鏡餅に目をやると、何と餅からニョキっと足が生えて、勝手に雑煮屋にトコトコ行ってしまいました。

いずれ雑煮となって再会するであろう餅の運命に複雑な心境を抱いていると、通りに真っ直ぐ、ぴゅう、と風が吹き抜けます。

風神電車の到着です。

「おっと、風で消えないように気を付けてくれよ」

をけら火さんに、注意喚起されます。

「消えたらどうなるの？」

「最初からやり直し。スタート地点の八坂神社に戻ることになる」

「双六みたいね」

お昼から京都市街を用もなくウロウロしていた私ですから、これ以上、脚に乳酸を溜めてはならぬと、火縄を背中に回しました。

乗車して、席に座ると、

「酒を注文してくれても良いんだぜ」

バーでお酒を飲もうとした私に苦情を述べた火がズケズケと言ってのけます。車内でアルコールを飲みたいとのご所望ですが、当然、却下です。炎にアルコールを注ぐなんて危険なので。

「アルコールくらいで俺は消えやしないぜ」

「水分で消えるかもしれないじゃない。それに下手すればフランベみたいになるし、とにかく車内ではダメ」

私達は裏伏見・玉藻神社前で降車し、立派な門を潜って本殿に辿り着くと、その直ぐ近くにある祭場で、お婆ちゃんが灯篭に薪をくべていました。二つ並ぶ灯篭のうち、一つは既に燃え盛っています。

「お婆ちゃん、持ってきたよ」

私は誇らし気に火縄を掲げました。

「ありがとう、さあ、隣の灯篭に持っていっておやり」

言われるままに火縄を灯篭に近付けると、ぴょんと跳び乗るかのようにして火縄から炎だけが離陸し、ゴウゴウと燃え盛りました。

「あ〜、いい湯だ。極楽、極楽」

お湯なんてありませんが、火にとっては温泉に浸かっている気分なのでしょう。早くしろと急かされてばかりいましたが、無事に立派な苗床に移せてホッとしました。

「三月さん、親父の件でいろいろとご迷惑をお掛けしました」

火の粉をパチパチと散らす灯篭に照らされて、暗闇に浮かび上がるハルの顔は神妙な面持ちでした。

「こちらの家の事情に巻き込んでしまって」

「ハルさんのせいじゃないんよ」

お婆ちゃんは優しい顔をしていました。

「あの方も考えがあってのこと。それに、どちらかと言えば巻き込んだのは私の方だから」

「どういう意味？」

私が尋ねます。

「玄桃斎さんの跡取りであるハルを、お婆ちゃんが奪ったと思われたから怒ったんじゃないの？」

「あれは建前なんよ。ほら、薫ちゃん。アッチを見てごらん」

お婆ちゃんは参道を指差しました。

すると、楼門《ろうもん》に緑色の光が宿り、さらに鳥居が一つ、二つと、順番に灯りました。山頂を見上げると、一ノ峰に至る全ての鳥居に光が宿って、神域への入口を示すかの如く輝いているのです。

「今年も無事、開催できて何よりでした」

ハルは光の道を感慨深そうに眺めていました。

「これも二人のおかげやねぇ。夜は冷えるから、もう二人とも中にお入りよ」

「いえ、自分はまだ外にいます。参拝客の道案内が必要ですし」

「じゃあ、温かいお茶とお菓子を持って来ましょうかね」

私は神秘的な光の織りなす祭典に目を奪われながら、これから何が起こるのかとワクワクして、しばらくその場に留まっていました。

程なくして、一組の家族が鳥居を潜ってこちらへやって来ます。

両親が私達に一礼し、私も礼を返して、子供が「わあい！」とはしゃぎながら、山頂への石段を駆け足で上りました。仲睦まじい家族が去っていくと、彼らを皮切りにして、正門から山頂を目指す方々がゾロゾロと列を成し始めます。

「この玉藻山を照らす鳥居の道が、表と裏の『をけら火』が揃った合図。裏町の住人はこの光を見て、お山めぐりにやって来る」

鳥居に照らされた皆さんの表情は一様に幸せそうでした。表と裏の『をけら火』が鳥居に灯って、お山めぐりで新年を祝う。

表と裏の、縁を結ぶ炎。

宵闇にゆらゆらと浮かぶ光の道が、細く長く、何処までも続いていました。

◇◇◇

新年の門出を迎えて、忙しい正月の三が日を乗り越えて、それでも初詣に訪れる参拝客は一向に途絶えませんでした。

ここしばらくの裏伏見・玉藻神社の境内《けいだい》では、お手伝いをしている沢山の巫女さんやお坊さん達が走り回り、私も例外なく参道を上り下りして、脚が筋肉痛でパンパンになりながらも必死に汗を流し続けました。

二週目の土日を終えた辺りで、ようやく日常風景を取り戻します。

山頂の社にある屋敷の居間で、ぐだって寝そべっている私の元に、久しぶりにハルがやって来ました。

「ほら、疲れているだろうから滋養強壮セットを持って来たぞ」

ギョーザ五人前と、栄養ドリンクと、陰陽師特性の丸薬。締め切り前の漫画家に差し入れするかのような品々です。乙女に適したお土産ではなく、私を何だと思っているのかと不満になりますが、まあ、美味しく食べますけど。

「よくそんなに荷物を抱えて、平然とここまで登って来られるね」

「天狗に運んでもらった」

「ずっる！」

ちゃぶ台の上にギョーザを並べて、もしゃもしゃといただきます。

「そういえばハルさん」

座敷の隅で編み物をしているお婆ちゃんが話しかけました。

「もうそろそろ式じゃないのかい？　いつ頃だったかしらね」

はて、式とは何のことでしょうか。また忙しい年始イベントが待っているのかな。

やっと一段落ついたばかりなのに。

「再来月ですよ、三月にやると言っていたから」

「ねえ、式って何の話？」

「妹の結婚式だ」

「あ、乙葉さんの⁉」

ハルの妹の、乙葉さん。裏町のアヤカシと結婚すると聞いていましたが、ハルったら、あれから妹さんの話を全然してくれないから、もう式は終わったのかと思ってた。

「じゃあ、式に行かなくちゃね。ちゃんとした服、持ってるの？　まさか着流しで参列するつもりじゃ――」

私は自分の家族のことのようにテンションが上がりましたが、こちらの高揚とは対照的に、ハルは黙ってしまい、寂しそうに障子を開け放った戸から山裾を眺めていました。

「……何かあったの？」

「いや、大したことじゃない」

「実は仲が悪いとか？」

「極めてフツーだ」

「それにしては、嬉しくなさそうに見えるけど……玄桃斎さんが断固反対してたけど、それと関係あるの？」

「関係あるというより……それが全てだな」

「あ、そういえば、ねえ、お婆ちゃん。玄桃斎さんがハルの妹さんに妙なことを吹き込んだとか言っていたけど、お婆ちゃんが何か言ったりした？」

「乙葉さんがアヤカシの男性と結婚を決めた時、お父さんのことで相談を受けたんだよ」

お婆ちゃんは紅色の糸をくるくると回しています。大きさからして、子供用のセーターを編んでいるようです。乙葉さんの子供用かな？　そうだとすれば、随分と気の早い。

「アヤカシと結婚して良いのか、悩んでいてね。愛しているのなら、そんなの関係ないと答えたんだけどねぇ」

「ははあ……お婆ちゃんの言っていることは正論だけど、玄桃斎さんはねぇ……怒るよね。それでハルは、お父さんが結婚式に出てくれないから悩んでいるってわけか」

「いや、結婚式に出ないのは親父だけじゃない。俺だって出ないからな」

「ハルも不参加？　ふ〜ん……お父さんが出ないんじゃ、仕方ないかもだね……世の中、得てして、そういうもんだし」

こう言いながらも、疑問の妖精が頭の周りをクルクルと飛び回りました。玄桃斎さんが出席しないのと、ハルが出席しないのって……必然性を伴わないのでは？

「……ちょっと、どういうことよ！　お父さんが出席しないのと、ハルが出ないのって関係なくない？」

「俺んとこは、母親が亡くなっているからな」

「お母さんが……そうなんだ……でもさ、他の親族は出るのに、お父さんとハルだけが参加しないってのは不自然だよ」

「俺だけじゃない、親族全員が出られないんだ。妹は反対を押し切って強行したのだから、陰陽師関係者も含めて参加は認められんと、親父が全面的に禁止している」

「そんな……じゃあ、新婦側の親族席には誰もいないってこと？　お菊さん達も参加できないの？」

「そうなるな。でも友人はいると思う」

「そりゃそうよ、友達だもの。それで、ハルはお父さんの言いなりになる気はないんでしょ？」

「勿論」

「それだったら、尚更、せめてハルだけでも出席してあげたら？　親族や関係者が誰も参加しないなんて、乙葉さんはきっと寂しいと思うけど」

「むしろ逆だろう。親族の席に俺だけがポツンと座っているなんて、妹からしたら気を遣ってやり切れない」

「乙葉さんがそう言ったの？」

「妹が俺に、電話で結婚式を挙げると伝えてきたんだが、『参加する？』って聞いてきたから、『誰もいない親族席に俺だけがいたら、招待する側が不憫だろう』と答えたら、『そうだね』って納得していた」

「何よそれ。それならどうして、結婚式の日取りをハルは知っているのよ」

「後から場所と日程をメールで伝えられた。でも正式に招待状が来ていないからな、妹も悩んだ末に、誰も呼ばないと決断したんだろう」

「もう！　この鈍感男！　なんで乙葉さんの気持ちが分からないの！」

猛烈に怒りが込み上げてきて、じれったくなって、拳を膝に振り下ろしました。

「そんな冷たい言い方されたらさ、式に招待なんてできるわけがないでしょ！」

「そういうものなのか？」

「そういうものなのよ！　ハルが行くって言うのを待っているに決まっているじゃない。ハルが承諾すれば乙葉さんだって、堂々と招待状を送れるんだから」

「いや、その理屈は全く分からん。招待状というのは参加、不参加を問うものだろう？　俺が参加するかを知りたいのなら、まずは招待状を送ってくれれば良い」

「バカ！　招待状に不参加で返す身内がいてたまるもんですか！　親族席に兄が独りだけなんて申し訳ないから、乙葉さんは遠慮しているだけじゃないの！　きっと兄が嫌な思いをするだろうからって、気を遣って誘えないでいるだけ。でも心の底では来て欲しいと思っているからこそ、ハルにメールで日程を伝えているんでしょ！　あなたが行くって言えば、きっと席次だって考慮するわよ」

「う～ん、俺にはそんな風には思えなかったが」

「もういいわ、アレを貸して」

「アレって何だ？」

「祈念石、アレがないと私は入れないから」

「おい……まさかとは思うが、一人で親父に会いに行く気か？」

「ハルが来たら余計にこじれるじゃない。私だけで玄桃斎さんと話を付けてくる」

私はハルに猛々しく詰め寄ると、祈念石を奪い取るように受け取って、一目散に走り出しました。

「お婆ちゃん、今日はお手伝いできなくってゴメンね！」

「はいはい、こっちは気にしなくていいよ。気を付けて行ってらっしゃい」

◇◇◇

すっかり顔見知りとなった、晴明神社近くのカフェ店員さん。陰陽師の社に長年仕えるお菊さんに取り次いでもらって、玄桃斎さんの元へと案内してもらいました。

アポなし訪問での面会ではありますが、「果たされていない約束がある」という名目で強引にことを推し進めます。

案内された場所は、以前に対面した東の神殿ではなくて、本殿の傍にある玄桃斎さんのプライベートの茶室。ここに通されるのは人間ですら珍しいらしく、ましてアヤカシが招かれるのは相当に稀有《けう》とのこと。

「薫さんは、よっぽど気に入られたんですよ。この婆やも鼻が高いです」

と、何故かお菊さんが誇らし気に語っていました。

茶室に入ると既に玄桃斎さんが茶筅《ちゃせん》で抹茶《まっちゃ》を点てる準備をしていました。玄桃斎さんの手前には、見覚えのある黒塗り茶碗が二つ並んでいます。

私が何処に座れば良いのかと、まごついていたら、

「二人だけだ、遠慮せずに正面に座りなさい」

玄桃斎さんは正面の紫色の座布団を示しました。

「では、失礼します」

母に茶道の作法を教えられてはいますが、真面目に学んでいなかったので、うろ覚えです。これから討論するとはいえ、穏やかな茶の席で粗相をしてはいけないとプレッシャーに襲われました。

「ふむ、気が揺れておる。動揺しておる証拠だ」

胸中を見透かされました。

「正式な茶の席ではない、気にせず自由に楽しみなさい」

「は、はい」

あれ、今日は優しいな。

前回が異常だっただけで本当は良い人なのかも。根は悪い人じゃないけれど、もしかしてしてアヤカシのことになると、頑固になるだけ？

「先に茶菓子をどうぞ」

「はい、お先にいただきます」

特別に取り寄せているのでしょうか、四角い透明の寒天に色彩豊かな装飾を施した見事な茶菓子でした。京菓子の錦玉《きんぎょく》と思われますが、寒天の中で白鳥が羽ばたいているように見えます。黒文字楊枝でスッと縦に切って口に運ぶと、雪山を流れる清らかな川が脳裏に浮かんで、さっきまで抱いていた不平不満が、乙葉さんの結婚式に不参加を決め込んでいる玄桃斎さんに対する怒りが、雪解けのように跡形もなく消えたのです。

目を開けると、茶碗が差し出されていて、中には抹茶《まっちゃ》が。

「どうぞ」

「は、はい。不束者《ふつつか》ですが、お点前、頂戴いたします」

不束者はいらなかったかもしれませんが、できるだけ謙遜しておきました。甘さで満たされた口内に抹茶《まっちゃ》を流すと、爽やかな苦みが広がって、またしてもここで穏やかな心地が胸いっぱいに広がるのです。

「あの五神札《ごしんふだ》は見事な度胸だった。この私を妖術で化かすとは、大変に感心した。今日は対等に話をしようと思い、茶の席を用意させていただいた」

再び動揺しました。

緊張からの動揺ではなくて、さっきまでの私はあんなに意気込んでいたのに、それを躱《かわ》されてしまったばかりか、急に紳士な対応をされたものだから、あまりに予想外で、これからどうやって話を切り出せば良いものかと大いに悩んだからです。

「言いづらそうにしておるな。要件は察しておる、乙葉の件だろう」

ご名答でした。先に言っていただいて救われた思いです。

「はい、再来月に結婚式をされると聞きました。ですが、玄桃斎さんは出席されないと聞いたので」

「無論だ。妖怪を粛正する筆頭である私が、裏町で宴に参加しては筋が通らんのだから」

「でも、娘さんの結婚式なのに」

「娘であるから、殊更に守らねばならん。私が敷いた禁忌《きんき》を、私の娘を理由に破っては皆に示しがつかないだろう」

「それはプライドからですか？」

そう言ってから、ハッとしました。

「すみません、失礼な言い方でした」

「今更だ、構わん。あながち間違ってもいない。プライドと信念というのは共存していると私は考えている。信念を持たずして大事は成せんし、確固たる意思を貫き通す行為を誇りと呼ぶのならば、頑固と言われようとも常識を拒否するのは致し方のないことだ」

「私は……ただ、正しいと思うことを信じているだけです」

真っ直ぐに玄桃斎さんの瞳を見据えました。

「玄桃斎さんは人間社会の大事のためとおっしゃいますが、真に優先すべき大事とは何でしょうか？　陰陽師としての尊厳を保つことが平和に繋がるとの考えを否定はしませんが、娘さんの結婚と天秤にかけた時に、私には大事と小事が真逆のようにしか思えません。母の愛は海より深いと言いますが、父のそれも山より高くあるべきだと考えています。娘さんのご結婚という大事の前では、ささやかなプライドは封じて然るべきではありませんか？　まして式に参列したからと言って、世界が恐慌に陥るようなことは起きないのに」

しばらく沈黙が続きました。

それから玄桃斎さんが、ふっと、笑いました。

「まるで妻のようなことを言う。華耶《かや》はこの部屋が好きだった。よく、私の茶を飲んでいた」

玄桃斎さんは茶碗に視線を落として、懐かしむ顔をしています。一片の曇りもない温かい表情で、爽やかに口角を少しだけ上げて、笑ったのです。鬼より恐ろしいと畏怖されている面影は、微塵もありませんでした。

ですが、直ぐにまたいつもの精悍な表情に戻ります。

「それでも折れぬものはある。諦めるが良い」

これは予想通りの回答です。

理屈で説き伏せられるとは私も思っていなくて、もしそうであるならば、とっくに誰かが改心させているはず。私の狙いは、頑固なわりに、変に律儀で真面目な性格を逆手に取ることです。あれほど頑なに封印を解かないと言っていた玄桃斎さんが、五神札《ごしんふだ》に負けた途端にアッサリと封印を解いたのは――

約束を必ず守る人だからと踏んでいます。

「では、奥の手を使います」

「ふむ、果たされていない約束があると聞いた。それのことかな?」

「そうです、五神札《ごしんふだ》で勝った時の約束ですが、賭けに勝てば相手の要望を一つ聞くとの約束事でした。それが未だに果たされていません」

「うん？　社の封印は約束通りに既に解いたろう」

「私の願いではなくて、ハルさんの賭けの報酬がまだなのです。勝ったのは私だけではなくて、私達二人ですから、ハルさんの望みも叶える義務が玄桃斎さんにはあります」

「な、なんだと？」

玄桃斎さんが、ここで初めて動揺したように思います。

「晴彦に望みなど、ないだろう。私が案内人を認めろとのことか？　いや、私が認めなくても、晴彦は勝手にやるだけだ。あまり意味のないことだな」

「違います、それではありません。ハルさんの望みは、妹さんが幸せになることです。そのためには玄桃斎さんが、ハルさんが、乙葉さんの結婚式に参加する必要があるんです」

「何をバカな、私はともかく、晴彦は勝手に出れば良いだけだろう」

「玄桃斎さんが神殿の関係者の参列を拒んでいると聞きました。表の京都から親族が一人も参加しないから、乙葉さんは遠慮して、ハルさんを式に招待できないんです。乙葉さんは気丈な方だそうで、たとえ招待できなくても、席の数を減らすことなく、新婦側の空席にも料理を並べて、皆さんの気持ちだけでも迎えるそうなんです。こんな……こんな可哀そうなことってありますか？」

私は、泣いてしまいました。

「一生に一度のウエディングドレスを見せたいのは……新郎に対してだけではないんですよ？　育ててくれた両親に対して、一緒に歩んできた兄に対して、親族一同に晴れ舞台を見てもらうことで……今の自分は幸せなんだと、知って欲しいんですよ」

強く訴えているうちに、まるで自分のことのように思えて、感情が溢れました。泣きたいのは乙葉さんの方なのに、他人である私が泣いてしまって、場違いな涙を流して、主張を涙で酌量するやり方に自己嫌悪を覚えました。

でも、効果は多少、あったみたいで。

「約束か……やはり狐は狐、人を上手く欺きよる」

「だって、こうでもしないと……」

「分かっておる、だから大人がいつまでもメソメソと泣くな。確かに一理ある。晴彦の望みが親族の参列であれば、五神札《ごしんふだ》と名人の名誉にかけて、認めざるを得ないだろう。もともと、お菊を筆頭に反発を招いていたのは事実だ、いらぬ内部対立を招くよりも、穏便に済ませるが良かろうな」

「では……出席してくださるんですね！」

「いいや、他の者の参加は認めるが私は出ない。親戚一同が参列すれば、乙葉も惨めな想いはすまい。さて、話はここまでとしよう。家の者に送らせるから、もう帰りなさい」

玄桃斎さんは立ち上がると、茶室の奥へと引き揚げようとしました。

「玄桃斎さん、待ってください！」

私の声も届かず、彼は部屋から去ってしまったのです。事態は好転しましたが、肝心の一番の願いは成就できていません。

独り残された茶室で私は目線を落とし、眼前に置かれたままの茶道具一式を潤んだ視界でしばらく、ぼうっと見つめていました。

◇◇◇

冬の寒さが和らぎ、徐々に春先の暖かさが戻りつつある三月の上旬。

裏町四条鴨川沿いにある式場は華やかな彩りに包まれて、若い男女の結婚式が盛大に催されていました。

新婦は勿論、ハルの妹の乙葉さん。

新郎は般若《はんにゃ》でして、アヤカシですから、どんな怖い顔なのかと思えば見た目は人間とさして変わらず。額に般若の面を括り付けた普通の男性でした。新郎の実家は京都ではなく他県にあるそうで、旅館経営をしており、この結婚を契機に乙葉さんと二人で京都裏町に二号店をオープンするのだとか。つまり乙葉さんはアヤカシ旅館の女将《おかみ》となるのですが、これだけで一つの物語になりそう。

陰陽師の娘さんとアヤカシとの結婚式なのだから、てっきり和風の神前式になるのかと思いきや、乙葉さんのリクエストにより、教会で永遠の愛を誓い合うチャペル式でした。

ええ、気持ちは分かります。

私だってウエディングドレスを着たいもん。

あんなに素晴らしい衣装なのに着用する機会が結婚式だけに限られているのは、神様が与えたご褒美であると共に、試練なのかもしれません。

裏町でのチャペル式といえば、この四条大橋の大聖堂が有名、だそうですが、私はここを幾度となく通っているのに、一度も大聖堂を見た覚えがありません。外観は西洋のバロック様式の華麗な建築でして、色の異なる石が絶妙な彩色で組み合わされた美しいお城みたいで、こんな立派な建物を一目見れば忘れるはずがないのに。

大聖堂に入ると、天井がとっても高くて、よくもまあ、あんな高い所にシャンデリアを吊るせたもの。真珠のように輝く大理石ホールの左右にはズラッと長椅子が並んで、彫刻と絵画が豪華に、かつ、優美に壁面いっぱいに広がっています。

正面のパイプオルガンの前にある真っ白な祭壇の後ろには、鼻の高い牧師さんが厳かに立っていました。外国の牧師さんだから鼻が高いのね、なんていうレベルの長さではなくて、どういうことかと目を凝らせば、牧師さんは天狗のようで、大聖堂に天狗とは違和感が凄い。

参列者は左右に分かれて新郎、新婦の入場を待ちます。

親族が前列に並ぶ以外は自由に座るのが通例ですが、長椅子にはネームプレートが置かれており、少々趣向が変わっています。とりあえず郷《ごう》に従って、指示通りに自分の名前が書かれた席に着きました。

新郎側は人間とアヤカシの比率が半々です。表で旅館経営しているだけあって人間側にも顔が広いのでしょう。

対して新婦側は、私達を除いては全て人間です。一番前に乙葉さんの親族の方々、続いてお菊さんや陰陽師の関係者が並び、乙葉さんの学生時代の友人と思われる女性達、サークル仲間、それから、特別に招待されたアヤカシ群。

私に高千穂、アヤメさんに真神さん。

そして、『アマモリ』の野次馬達。

これはアヤカシの比率を増やしたいとの意向で、ハルの知り合いが招待されたのです。

ちなみにハルは、ここにはいません。なぜなら、彼には新婦をエスコートする使命があるからです。

新郎が入場します。

続いて新婦の入場となります。

純白のウエディングドレスに身を包んだ、黒髪に真っ白い肌の乙葉さん。可憐《かれん》な瞳に物寂し気な雰囲気の乙葉さんはとても綺麗で、場内に感嘆の声が洩れました。

赤いカーペットが敷かれたバージンロードをしずしずと歩く彼女の横には、これまた珍しい黒スーツに白ネクタイ姿のハル。どれだけ緊張しているのか見てやろうと思ったら、顔は相変わらずの棒人間で、こんな時でも感情が欠落しています。まったく、ちょっとは感動しなさいよね。私だってウルウルしているのに。

讃美歌が唄われ、誓いの儀式が済むと、そこからは披露宴となるのですが——

新郎新婦が退場する気配がありません。

あれ、変だな、と思っていたら、

「どうか、そのまま座ってお待ちください」

とアナウンスされました。

しばし待機していると、パタパタと大聖堂の壁が外側に倒れるではありませんか。まるでスライドパズルのように建物のパーツが目まぐるしくカチャカチャと移動し、大渦の嵐に巻き込まれたようにグルグルと周囲が回転して、ついでに私の席も遊園地のコーヒーカップのように回り、いつの間にやら大聖堂が巨大な多層構造の櫓《やぐら》楼閣へと変貌を遂げました。

さすがは裏町、私の知っている常識は通用しません。チャペルの参列時点で席にネームプレートが置かれていたのは、そのまま教会が和式の披露宴会場に変化するからでした。普段は楼閣の姿で鴨川沿いに建っているわけで、私が大聖堂を見たことがない理由も、これで判然としました。

私の円卓は高千穂、アヤメさん、真神さんと、蛙男さんの五人。真神さんが隣なのでドキッとしましたが、会話に気を遣わなそうな面子《めんつ》でホッとします。

「若い二人の新しい門出は目出度いんだけどさ、何だかんだで料理を楽しみにしちゃうのが生きとし生ける者の性《さが》だよな。今日は遠慮なく、ガンガン飲むよ」

アヤメさんは意気揚々としています。いつもはサラシを巻いているだけの彼女ですが、今日はさすがに肌の露出を控えめにした正装です。正装とはいえ着物やドレスではなくて、やっぱりアヤメさんの場合は女武将の出で立ちですけど。

「遠慮なんてしてる時あったん？　昨日もバンバン、浴びるほど飲んでたやないの」

派手好きな高千穂も控えめな色に抑えています。今日はお目出度い金茶色の着物でした。

「お願いですから、暴れないでくださいよ。やれやれ、まさかアマモリの曲者達《くせもの》まで招待されてしまうとは、お目付け役としては大変です」

その曲者達が集う会合主たる真神さんは、スラッとしたスーツ姿。真神さんはモデルさんのようだから、何を着ても似合っています。

「気にすんなって、無礼講だろ。表じゃどうだか知らないけどさ、はしゃいで騒いで歌ってなんぼだろ、裏町の祝宴ってのは」

「まあ間違ってはいません、とりあえず壊さなきゃ良いです」

随分とハードルの低い制約だなぁと思いながらも、談笑に身を委ねて、優雅に運ばれてくる料理を興味津々に鑑賞しました。

オードブルは――

ズワイガニのリエット、鴨肉のコンフィ、目玉親父が焼いた目玉焼きのトリュフ乗せ、タコお化けのイカ墨パスタの四品が、横長の皿に綺麗にまとまっていました。

それなのに私だけは別メニューのようで、オードブルの四品とも、モコモコした物体が乗っています。四つとも色だけは微妙に違うような。

「これは何？　綿飴かな？」

「どうやら木綿のようですね。一反木綿《いったんもめん》のメニューが間違えて薫さんに来てしまったようです。皆、擬人化していて見た目では分かりませんから」

「え〜、狐の耳と尻尾を出しているのに〜」

真神さんが式場の人を呼んでくれて、私にも一般客用の料理が運ばれて来ました。属性の異なるアヤカシが集う宴では、食べ物を提供する側も一苦労のようです。

新郎と新婦が、お色直しで同時に退場しました。

新郎新婦が披露宴会場から中座する際には、親戚をエスコート役に指名して別々に退場するのが通例ですが、細かい手順が違うようです。

メインディッシュを食べて、紅茶を飲むと、恥ずかしながらトイレに行きたくなったので、再入場までに済ませようと、私も披露宴会場から中座しました。

「お手洗いは何処ですか？」

「あちらの奥です」

あちらの奥、を理解しきれなかった私は迷ってしまい、無駄に遠くのお手洗いを利用した帰りのことでした。

廊下を歩いていると、戸が開いている部屋があって、部屋の前で両手を後ろに組んで扉に背中を預けている乙葉さんと会いました。新婦専用のブライズルームだったようで、彼女は桜色のウエディングドレスに着替え終わっています。

「あ、薫さん」

乙葉さんとは面識があります。わざわざ裏町の玉藻神社にまで、お礼を言いに来てくれたのです。

「今回の件、本当にありがとうございます」

「いえいえ。素敵なドレスですね、春にピッタリの色」

「母が好きだったんです」

乙葉さんのお母さんは、若くして亡くなったと聞いています。お菊さんによると、奥さんが亡くなってから玄桃斎さんは、目に見えてアヤカシに厳しくなったらしいのです。

玄桃斎さんの奥さんが、彼の頑固な側面を抑えていたのかも。きっと、素敵な方だったのでしょう。

「ごめんなさい、再入場の前にフライングでドレスを見ちゃって。早く席に戻らなきゃ」

「まだゆっくりしてくださって大丈夫です。再入場の時間を、少し遅らせてもらいましたから」

「再入場の時間を？」

ここで新郎新婦が、お色直しで同時に連れ立って中座していたのを思い出しました。代わりに再入場時に別々に入るのでしょうが、それはつまり——

「もしかしてエスコートのため？」

「はい、そうです。父を、待っているんです」

バージンロードでは、ハルが乙葉さんをエスコートしました。特に決まりはありませんが、バージンロードでは父親がエスコートするケースが多いのです。それが叶わなかったから、せめてお色直しのエスコート役には、玄桃斎さんを希望していたのです。

「自分でも馬鹿だなって思うんです。でも、私にとっては父と兄が家族だから。父が来ていないって分かっていても、最後まで待ってみようと」

「もし……来なかった時は？」

「その時は……」

乙葉さんは首から下げた青いペンダントに手を添えました。

「一人で入ろうかと。父の代わりは、いませんから」

複雑な想いを抱えながら、私は披露宴の自席に戻りました。

会場は相変わらずの陽気に包まれており、祝いの席で私だけが暗い顔をしてはいけないと、元気に笑顔を取り戻します。

デザートにはまだ早いのに、テーブルに『七人十色のロールケーキ』が運ばれていました。私と真神さんは目を合わせてクスッと笑います。テーブルにドンと乗っかったロールケーキを、私はあの時に覚えた金柑《きんかん》のロールケーキにして、皆さんに切り分けました。

「おや？　どうにも妙ですね」

真神さんがフォークを止めて、怪訝そうにしています。

「なんだ？　アタシが切ったイモリの唐揚げロールケーキはダメだったか？」

「イモリの唐揚げは私も好きですが、ロールケーキに挟むのは賛同しかねます――そうではなくて、先程から術力の潮流が肌に刺さるのです」

「どういうことですか？」

私が尋ねました。

「こんなに多くの酔っぱらったアヤカシやら陰陽師関連の人達がいるのですから、妖気が溢れていても不思議ではないような」

「表現が難しいのですが、火山が噴火を押し止めているかのような奥底に秘めた力を感じるのです。抑えに抑えているようですが、とても隠しきれていない莫大な術力を感じます」

「だろうな、さっきから俺の羅針盤の針が回りっぱなしだ」

私達のテーブルに近寄って来たのはハルです。彼の掌に載せた盤の針がクルクルと高速で回転していました。

「強大な力を持った人物が近くにいる。それも規格外の化け物クラスだ」

「あ、もしかして――」

私は立ち上がると、披露宴会場の扉に向かって走りました。その拍子に椅子を足に引っ掛けてしまって、派手につんのめりながら倒してしまったのですが、

「ごめん、戻しておいて！」

構っている余裕はなくて、急いで会場の外へと飛び出しました。

披露宴会場から出たロビーの片隅に、黒の礼装和服を着た男性がポツンと立って、大

きなガラス窓から外を眺めていました。鴨川を挟んだ裏町の景観が祇園町の南側を越えて、遠くにまで連なっています。

「玄桃斎さん！」

私は声を荒げました。

「やっぱり来ていただけたんですね！」

玄桃斎さんは私をちらっと見てから、

「もう用は済んだ」

とだけ言って、また外を見つめました。

私は黙って、玄桃斎さんと並んで、同じ景色を共有しました。

四条通の往来は、今日もアヤカシと人で活気に満ちています。

古き良き文化を残した江戸の市は裏町住民の生活基盤を支え、明治時代の和洋折衷が好奇心を掻き立て、大正時代のサロンではモダンな思想家達がコーヒー片手に熱弁を振るい、昭和のレトロと熱い時代の風が吹いて、平成の革新が街を豊かにし、今日では令和の息吹が芽生えようとしています。

アヤカシ文化も活発で、昼夜問わずに風神電車が碁盤目状の街道を駆け回り、空を翔ぶ龍の背中に人間の子供が乗っているのを見た時、横にいる玄桃斎さんが一瞬だけ、微かに笑ったように見えました。

「素敵な町だと思います」

「平和を願う気持ちは、私も同じだ。ただ、人と妖怪では役割が違うだけのこと。そうは言っても……をけら火を封じたのは、褒められたやり方ではなかったかもしれんな」

「もう帰られてしまうのですか？」

「乙葉の晴れ姿は見届けた」

「でも、皆さん、待っていますよ。玄桃斎さんの席が空いたままです。ハルさんも、お菊さんも、神社の方々も、そして裏町の皆さんも、玄桃斎さんをお待ちしています」

「役目は果たしたのだ、十分であろう。私がおらずとも式は滞りなく進んでおる」

「いいえ、まだ最後の務めが残っています。玄桃斎さんがここで帰られては、式の幕は決して閉じません」

「何のことだ？」

「乙葉さんが、待っていますから」

私は窓の向こうを見たまま、微かにガラスに映る玄桃斎さんに向かって言いました。

「乙葉さんは指名しているんです。本当はバージンロードを一緒に歩くことを希望されていたのですが、間に合わなかったのでハルさんが代役を務めました」

あれから、また、時間が経ちました。

本来であれば、お色直しの時間はとっくに終わっているはず。来るかどうかも分からない相手を待ち続けるのは辛いものです。それでも乙葉さんがお父さんにエスコートしてもらう機会は、もうこれが最後なのだから。

彼女はお父さんが来るのを信じて、あの扉の向こうで両手を合わせて、ずっと祈り続けているのに違いありません。

「新郎はもうお色直しを終えて、先程、会場に入りました。つまり、新郎とは別々に再入場するように直前でプログラムを変更したのです。乙葉さんはお色直しの再入場の相手として、玄桃斎さんを指名しています。もう、誰にも代役など頼んではいません。もし玄桃斎さんが現れなかった時は……乙葉さんは召し替えた素敵な衣装で、独りっきりで入場するんですって。そうなっても構わないと、頑固に言い張って、お父さんを待ち続けています。何だか似ていると思いませんか？」

私は顔を、玄桃斎さんに向けました。

「ハルさんが言っていました。乙葉さんは一度言い出したら、ちっとも聞かないんですって。私の知っている誰かに、そっくりです」

告白を聞いた玄桃斎さんがどう思ったのか、私には分かりません。

ですが、想いは伝わったように思います。私が乙葉さんの心中を告げると、彼の険しい瞳が、あのアヤカシ達を恐れさせる隻眼《せきがん》が、確かに、雫で潤んだのだから。

やがて玄桃斎さんが両手で三角形を作ると、不思議な色の球体が手の中で輝き、さらに両手を掲げると、沢山の帯となって四方八方に光が放たれました。

とても綺麗な、青い光でした。

「石が……光っている」

私が首にかけている祈念石が玄桃斎さんの光に呼応して、美しく輝いていました。

「お父さん！」

女性の声がロビーに反響しました。ブライズルームの方からです。廊下に目をやると、ドレス姿の乙葉さんがスカートを両手で持ち上げながら、息を切らして、こちらに走って来ます。

「必ず来てくれるって……そう……信じてた」

駆け寄る乙葉さんのペンダントも輝いていました。彼女は呼吸を整えると、人差し指の背中で今にも零れ落ちそうな雫を、目尻からすくい上げました。

「これ、どうかな？　お母さんが好きだった桜、桜色のウエディングドレス……私に似合っているかな？」

「ああ……母さんの若い頃にそっくりだ。母さんにも、お前の晴れ姿を見せてやりたかった」

「そうだね……お母さんにも……見せたかったね。でもね……お母さんは、きっと見てくれているの。だからお父さんもここに来てくれて、本当に嬉しい」

私も両目の雫を、人差し指で拭いました。

式場の係員が玄桃斎さんに気付いたようで、嬉しそうにこちらへ集まってきました。

「どうぞ、こちらに来てください」

強引に玄桃斎さんを引っ張ります。袖を掴まれて、扉の前まで連れて行かれる玄桃斎さん。いつもの厳格で威厳ある方には見えず、まるで飼育員に連れられる熊さんみたい。

乙葉さんは私を見て、「ありがとうございます」とお辞儀をし、私は、「二人の時間を楽しんでね」と見送りました。

急いで席へ戻ると、部屋が暗くなって、二人の入場を祝う歌が流れました。扉が開かれ、玄桃斎さんの曲げた肘の内側に右手を添えた乙葉さんが現れます。幸せそうな二人を、優しいスポットライトが鮮やかに包みました。

お姫様の再入場は、この日一番の盛り上がりを見せたのです。

客席を埋める参加者達が乙葉さんの横に立っている玄桃斎さんを見るなり、いったい何事なのだと、どよめきが巻き起こりましたが、直ぐに状況を飲み込んだ衆人観衆は割れんばかりの大騒ぎとなって、鳴り止まない満場の拍手で二人は迎え入れられ、立派な表情の玄桃斎さんにエスコートされた乙葉さんは涙を堪えきれずに顔をくしゃくしゃにして泣きじゃくり、彼女を見た女性陣の全ては、もらい泣きでハンカチを多大に濡らすことになったのです。

かくいう私も、本日、何度目かの涙腺崩壊。

玄桃斎さんが席に座っても騒動は収斂の様相を示さず、混沌たる感嘆が満ち溢れて、遂には式の進行に支障をきたしてしまう程の活火山となり、司会役が匙《さじ》を投げてしまうと、

「もう二次会もここでやってしまおう！」

こう誰かが煽《あお》ったものだから、席次までもが入り乱れて、銘々が酩々《めいめい》となって祝宴に身を捧げてしまいました。

「薫さん」

今日ばかりは醜態を演じまいと高千穂とアヤメさんの酒席勧誘を断り続けている私の席に、桜色ドレスの乙女がやって来ます。

「何とお礼を言って良いのか分かりません。これは私からのほんの気持ちです、どうか

受け取っていただけませんか」

乙葉さんに、青いバラのブーケを手渡されました。

「青いバラの花言葉は、決して叶うことのなかった夢叶う。裏町に咲く青いバラは願いを叶える力があると言われています。私の夢は、もう叶いました。今度は薫さんの夢を叶えてください」

深青の花束は艶《つや》やかに、摘まれても未だ水々しさを残していました。

「この花は、水に生ければ枯れることはありません。太陽の代わりに月の光で成長しますから、夜は外に出してあげてください」

「素敵……とても貴重な花のようですけど、本当に私が貰っても良いのですか？」

「勿論です」

「お、薫はそれで何の願いを叶えるんだ？　恋の願いか？」

すっかり酔っているアヤメさんに絡まれます。真神さんと蛙男さんが別席へ移動しているのを確認しての発言です。

「どっちの殿方を選ぶか、まだ決めてへんもんねぇ」

高千穂はまだ平静でした。彼女の前には空になったワインの瓶が五本程も転がっているのに。

「もう心は決まってるん？」

「ん～どうかな。考えていることは、いろいろあるけど」

「それは何？」

「まだ秘密」

だって、私には早いから。

大志を抱いているハルと真神さんに比べたら、私は自分の生きる道を見つけてもいない。中途半端で、未成熟なままでは、きっと彼らの夢の足手まといになるだけ。私は私の目指す夢を描いて、自分を誇れる女性になってこそ、初めて彼らと共に歩んで行けると、今はそう思うのです。

「さあさあ、皆さん、よろしいですかな」

宴《えん》もたけなわどころか、まだ愉快遊泳の真っ最中なのですが、蛙男さんがここらで一つ、まとめておきたいようです。いつものようにヒラリと会場の真ん中へ踊り出ると、床に転がっているマイクを手に取りました。

「ここに集いましたる我ら一同、新郎殿と新婦殿の新たな門出を祝う証人になったと共に、人とアヤカシが手を取り合う未来を目撃した歴史の生き証人になったのであります！」

「お、ええぞ、ええぞ！」

「その最たる証拠は、ここに玄桃斎さんがおられることであります！　表の陰陽師たる彼を祝いの席に連れてきたのは若き激動のキツネ娘、薫嬢の功績によるものであって、そのキッカケを作ったのは可憐《かれん》な新婦、乙葉嬢の恋心ゆえであって、つまりは結局、世は何で救われたのかな？」

「鬼を恐れぬ度胸じゃないか？」

「お転婆娘の気迫だな」

「気合だけで攻め落とせるかな？」

「薫嬢に無遠慮で勝てる奴なんているものか」

言われたい放題な私、なんて可哀そう、そして恥ずかしい。私が両手で顔を覆っていると、

「違いますよ、皆さん。ちゃんと聞いていましたか？」

詭弁家達に連れ去られてしまった真神さんが、私に向けてワイングラスを掲げて、

「情愛ですよ、人とアヤカシの。我々が成し得なかったことを、乙葉さんと薫さんの愛が成し遂げたのです」

と言ってくれました。

「そうか、愛か！」

「愛が地球を救うってわけだ」

「何が愛だ、俺には恋人がいねぇんだぞ」

「私にだっていないわよ！」

「あ、じゃあそこの二人は付き合っちゃえば？」

「なるほど、そうか、その手があった」

「え〜、ちょっとそれはキツイわ」

「さて、もうお分かりですな。ここに集う者は現代に風を巻き起こす気鋭《きえい》の思想家、この世を憂う孤高の狼である我らに必要なのは、内に秘めたるパトスを解き放つための平和な時であって、それは今まさに、情愛によって成されたことが此度の一件で明らかとなった。さあ、淑女諸賢は愛で男を説き伏せて、紳士諸君は今日から妻の尻に敷かれるが良い。ここは裏町、人間、アヤカシ、デモクラシー！　さあ皆さん、ご一緒に！」

――ここは裏町、人間、アヤカシ、デモクラシー！

「おや、皆さん。酒を御手に持っておらんではないですか。もう一度、一斉にグラスを掲げての乾杯ですぞ。宜しいですかな？　せ〜のっ！」

――ここは裏町、人間、アヤカシ、デモクラシー！

大団円を迎えました。

この乾杯により、あれほど控えていたアルコールは私の喉元を通り過ぎることになったのです。一度通れば二度も同じ、歯止めは利かなくなって、私は泥酔《でいすい》の海に溺れながら泣き上戸と笑い上戸を交互に発動し、これは全く覚えていないのですが、少女のようにわんわんと泣き叫びながら玄桃斎さんにしがみついて、大変困らせていたのだそう。

本当に赤面の至りなのですが、その様子を見て、みんなが大声で笑っていたようなので――

羽目を外した酩酊《めいてい》も、たまには良いことあるのかなって。

エピローグ

雪が解けて、麗《うら》らかな陽光が街を包み、表と裏の京都のソメイヨシノに本物の桜が咲きました。

満開の桜並木を歩く道中で『花咲か爺さん』とすれ違ったので、「この時期は商売上がったりにはならないのですか?」と聞いてみたら、「桜が満開にならなかった名所によく呼ばれるでの、人はいつでも花が見たいのじゃ」と陽気に笑っていました。

私は昼間の花見小路通を歩いています。

土御門屋を探り歩いたあの夜から、およそ半年。石畳の通りに目を凝らしてみると、身を屈めながらジロジロと怪しい目付きで必死に黒猫を追っている私の姿が浮かんできて、思わずクスクスと笑ってしまいました。

路地裏の土御門屋へ戻ると、私は一人の少年を出迎えました。

「裏町へ行きたいんだ」

店に入るなり少年はバーのソファに腰掛けて、

「お酒を頼むんだよね？　僕はバーボンのロック」

何処かで覚えた大人台詞を上ずった声で言っています。

「じゃあ妖怪コーラを一つね。それからチョコレートパフェ」

「え、注文が違うよ、お姉さん。僕はバーボンの――」

「まだ早いの、十年後に頼みなさい。それにお酒は夜になってからじゃないと頼めないから」

「ここは夜もやってるの？」

「むしろ前までは夜しかやってなかったの」

私は少年を連れて裏口の扉を開き、裏町の老舗旅館の一室から大玄関を通って外に出ます。あの『アマモリ』の会合が催される旅館です。以前の裏口は銭湯のボイラー室に繋がっていたけれど、さすがに風情がないので変えてもらいました。

「裏町には、お爺ちゃんとお婆ちゃんに会いに来たのよね？」

「そうだよ。お父さん達は急な出張で行けなくなったらしくてさ、それで僕だけが会いに来た」

「お爺ちゃんとお婆ちゃんは、優しくしてくれる？」

「もちろんだよ、当たり前じゃないか」

祖父母に会いに来た人間の少年に、祖母に会いに来たキツネ乙女の姿を重ねました。

きっとこの少年も、私と同じように裏町の光景に目を奪われるのでしょうね。

「わあ、凄いや！　まるで夢の世界みたい！」

ほら、やっぱり。

「アッチに変な電車が走っている。ねえ、乗ってみようよ！」

「ちょっと勝手に走らないの。迷子になるから私と手を繋いで」

「ええっ⁉　やだよ、カッコ悪い」

「じゃあ案内しないから。それに迷子になったら、怖〜い人が迎えに来るのよ？」

「どんな人？」

「青い目をした、真っ黒な男の人。変な道具を持って、迷子はいないか〜、迷子はいないか〜って夜通し探し回ってる」

「うわ、怖いなぁ。じゃあ……お姉さんと手を繋ぐよ」

「それでよろしい」

少年の小さな手を、私の掌が包みます。彼はちょっと照れていたみたいだけど、やがて自然な感覚へと変わって、二人で楽しく裏町を観光しながら目的地を目指しました。

私はこの春から、案内人をしています。

私が昼、ハルが夜を担当することで土御門屋の営業時間は大幅に延びました。OL時代よりもさらに忙しくなってしまったけれど、それは幸せな悲鳴です。お婆ちゃんの実家を手伝いながら、案内人の活動で駆け回ることに、とてもやりがいを感じています。

表の人間世界と、裏のアヤカシ世界を繋ぐのが案内人の役目。

私は一度、自暴自棄になって人間社会から逃げてしまいました。

でも結局、こうして人とアヤカシの縁を結ぶ活動に身を置いているのです。

だって、やっぱり好きだから。

人間も、アヤカシも、そして表と裏の京都も。

裏町の祇園白川筋の桜並木を歩いていたら、桃色の花びらが風に舞って、私の金色の髪と一緒に斜めに流れてゆきました。散った桜が水路に降り注ぎ、花弁で埋め尽くされた清流は町と町を紡いでいます。

ふと空を見上げた時、青く澄み渡る空にも花弁が高々と舞い上がり、雲の隙間からうっすらと見える昼の月が、私達を優しく見守っていました。

桃源郷《とうげんきょう》はここにあるのだと、また、そんなことを思う私なのでした。

文明開化を迎えた帝都の軍人・小坂源二郎中尉は、見合いの席にいた。帝国では、人とあやかしの世をつなぐための婚姻が行われている。病で命を落とした甥の代わりに駆り出された源二郎の見合い相手は、西洋料理食べたさに姉と役割を代わった、あやかし狐の末姫。あやかし姫は西洋料理を望むも、生真面目な源二郎は見たことも食べたこともない。なんとか望みを叶えようと帝都を奔走する源二郎だったが、不思議な事件に巻き込まれるようになり——？

◉定価：726円（10%税込）　◉ISBN:978-4-434-28654-4

◉Illustration：Laruha

小谷杏子
Kyoko Kotani
おいしいふたり暮らし
Oishii futari gurashi
今日も かたより ご飯を いただきます
第3回 ライト文芸大賞 大賞 受賞作品
クールで過保護な年下彼氏が
アナタの胃袋監視します♥

護堂先生と神様のごはん
Godo-Sensei and God's Meal....
ごどうせんせいと かみさまのごはん
Hinode Kurimaki
栗槙ひので
古民家に住み憑いていたのは、
食いしん坊の神様だった!?
第3回 キャラ文芸大賞 グルメ賞 受賞作!
亡き叔父の家に引っ越すことになった、新米中学教師の護堂夏也《ごどうなつや》。古民家で寂しい一人暮らしの始まり……と思いきや、その家には食いしん坊の神様が住み憑いていた。というわけで、夏也はその神様となしくずし的に不思議な共同生活を始める。神様は人間の食べ物が非常に好きで、家にいるときはいつも夏也と一緒に食事をする。そんな、一人よりも二人で食べる料理は、楽しくて美味しくて――。新米先生とはらぺこ神様のほっこりグルメ物語!
◎定価:726円(10%税込)
◎ISBN 978-4-434-28002-3
◎illustration:甲斐千鶴

この作品に対する皆様のご意見・ご感想をお待ちしております。

おハガキ・お手紙は以下の宛先にお送りください。

【宛先】

〒150-6008 東京都渋谷区恵比寿4-20-3 恵比寿ｶﾞｰﾃﾞﾝﾌﾟﾚｲｽﾀﾜｰ 8F
（株）アルファポリス　書籍感想係

メールフォームでのご意見・ご感想は右のＱＲコードから、
あるいは以下のワードで検索をかけてください。

アルファポリス　書籍の感想　検索

ご感想はこちらから

アルファポリス文庫

あやかし狐《きつね》の京都裏町案内人《きょうとうらまちあんないにん》

狭間夕（はざまゆう）

2021年　9月　25日初版発行

編集－加藤美侑・森順子
編集長－倉持真理
発行者－梶本雄介
発行所－株式会社アルファポリス
〒150-6008東京都渋谷区恵比寿4-20-3 恵比寿ｶﾞｰﾃﾞﾝﾌﾟﾚｲｽﾀﾜｰ8F
TEL 03-6277-1601（営業）　03-6277-1602（編集）
URL https://www.alphapolis.co.jp/
発売元－株式会社星雲社（共同出版社・流通責任出版社）
〒112-0005 東京都文京区水道1-3-30
TEL 03-3868-3275
装丁イラストーシライシユウコ
装丁デザイン－AFTERGLOW
印刷－暁印刷株式会社

価格はカバーに表示されてあります。

落丁乱丁の場合はアルファポリスまでご連絡ください。

送料は小社負担でお取り替えします。


ISBN978-4-434-28382-6 C0193